16	3	2	13
5	10	11	8
9	6	7	12
4	15	14	1

Ivana Arruda Leite

EU TE DAREI
O CÉU

e outras promessas dos anos 60

editora 34

EDITORA 34

Editora 34 Ltda.
Rua Hungria, 592 Jardim Europa CEP 01455-000
São Paulo - SP Brasil Tel/Fax (11) 3811-6777 www.editora34.com.br

Copyright © Editora 34 Ltda., 2004
Eu te darei o céu © Ivana Arruda Leite, 2004

A FOTOCÓPIA DE QUALQUER FOLHA DESTE LIVRO É ILEGAL E CONFIGURA UMA
APROPRIAÇÃO INDEVIDA DOS DIREITOS INTELECTUAIS E PATRIMONIAIS DO AUTOR.

Edição conforme o Acordo Ortográfico da Língua Portuguesa.

Capa, projeto gráfico e editoração eletrônica:
Bracher & Malta Produção Gráfica

Revisão:
Telma Baeza Gonçalves Dias

1ª Edição - 2004, 2ª Edição - 2012

Catalogação na Fonte do Departamento Nacional do Livro
(Fundação Biblioteca Nacional, RJ, Brasil)

	Leite, Ivana Arruda, 1951-
L533e	Eu te darei o céu: e outras promessas dos anos 60 / Ivana Arruda Leite — São Paulo: Editora 34, 2012 (2ª Edição).
	120 p.
	ISBN 978-85-7326-301-5

1. Ficção brasileira. I. Título.

CDD - B869.3

EU TE DAREI O CÉU
e outras promessas dos anos 60

1960	9
1961	19
1962	27
1963	33
1964	41
1965	49
1966	59
1967	69
1968	81
1969	91
1970	107
1980	113

para Joca Reiners Terron

"Brasília, a mais moderna cidade do mundo, converte-se na manhã deste 21 de abril de 1960 na capital do Brasil. A solenidade culminante das festas, a instalação simultânea dos três Poderes da República, está prevista para as 9h30.

O presidente da República fechou o Palácio do Catete ontem e transferiu-se para a nova sede do governo nacional, o Palácio da Alvorada. A entrega das chaves da cidade ao chefe do governo e seu construtor, realizada em meio a incomparável vibração popular, foi o ato inicial das celebrações que ora ressoam na imprensa e na opinião pública internacional."

Folha de S. Paulo, 21 de abril de 1960

1960

Na quinta-feira, 21 de abril, meu pai me chamou e eu voei pra frente da televisão logo de manhã cedinho. Eu não queria perder um lance da festa de inauguração da nova capital. Até o hino eu sabia de cor:

> Desperta o gigante brasileiro.
> Desperta e proclama ao mundo inteiro
> num brado de orgulho e confiança:
> nasceu a linda Brasília,
> a capital da esperança.

Por que tanto interesse na inauguração de Brasília? Por ser aquela a primeira transmissão ao vivo em rede nacional? Pra ouvir o discurso do Juscelino, para admirar a arquitetura sideral da cidade que nasceu da noite pro dia? Aliás, foi aí que as palavras *arquiteto* e *arquitetura* entraram para o vocabulário das pessoas comuns e o Niemeyer tornou-se tão popular quanto o João Gilberto. Vidro e cimento pousando em cima do nada. Ninguém acreditava que aquilo pararia em pé. Minha mãe foi lá pra conferir. Era esse o motivo do meu interesse pela transmissão. Ela tinha ido visitar a irmã que morava em Brasília e, de quebra, assistiria à festa de inauguração da nova capital. Eu achava que em algum momento ia vê-la pela TV. Mas tinha muita gente ouvindo o discurso do presidente bossa-nova. Rapidamente, desisti de tentar localizá-la na multidão e voltei pra cama.

Na volta, as fotos da viagem provaram que ela esteve lá. De lenço na cabeça e óculos Ronaldo, ela aparecia fazendo pose em frente ao Palácio da Alvorada, na praça dos Três Poderes, no meio das duas tigelas, uma de boca pra cima, outra pra baixo.

— Como as pessoas fazem para entrar aí dentro?

O nome do modelo do óculos era por causa de um *playboy* que se chamava Ronaldo e ficou famoso por ter matado a jovem Aída Cury num crime horrendo. As lentes escuras se arredondavam contornando o rosto até as orelhas parecendo um apetrecho espacial. Todos nas ruas andavam com óculos iguais ao do criminoso. Não demorou e saiu a versão infantil. O meu era cor-de-rosa.

De presente, minha mãe me trouxe um estojo de lápis de cor no formato das colunas do Palácio da Alvorada, uma caneta no formato das colunas do Palácio da Alvorada e uma miniatura das colunas do Palácio da Alvorada pra pendurar na parede. Pro meu pai, ela comprou uma gravata estampada com as colunas do Palácio da Alvorada e um peso de papel em bronze, no formato das colunas do Alvorada. Pras amigas, maços de flores secas do cerrado — a última moda nas casas paulistanas.

Eu nasci e vivi até os meus sete anos em Araçatuba, cidade da Noroeste do estado de São Paulo. Meus avós, tios e primos moravam nas cidades vizinhas: Lins, Penápolis, Birigui, Promissão, Jaú. Uma família imensa, onde todo mundo era parente de todo mundo. Primos se casavam com primos há gerações e gerações. Meu próprio pai é primo-irmão da minha mãe. Os pais deles, idem e por aí vai.

Ninguém era muito rico, mas todo mundo vivia bem. Tinham fazenda, plantavam café, criavam gado. No final dos anos 50, quando o Brasil começou a se industrializar, a coisa ficou feia pra quem vivia da agricultura e da pecuária. O melhor a fazer era ir pra capital. Era lá que estava o dinheiro. Meus tios foram se espalhando por Londrina, Campinas, São Paulo. Só meus avós ficaram em Lins, para alegria da criançada que tinha onde passar as férias. Tia Terê e tio Carlos, os mais ousados, foram para Brasília. Na segunda metade da década de 50, a construção da nova capital atraiu gente do Brasil inteiro.

Meu pai veio para São Paulo, alugou uma casa em Pinheiros, comprou uma fábrica de tampinhas de metal na Vital Brasil e voltou para Araçatuba para buscar a família: eu e minha mãe. A nossa casa era na rua Francisco Leitão, entre a Pinheiros e a Artur de Azevedo e o apelido da minha rua era Chico Porquinho. Quando cheguei, já estava matriculada no colégio das freiras passionistas, na Cônego Eugênio Leite. Era lá que eu começaria minha vida escolar.

As notícias que minha mãe trouxe de Brasília eram disparatadas. Coisas maravilhosas, "vocês não acreditam como o Palácio da Alvorada é lindo. Tem até uma parede de ouro! E o Palácio do Planalto, então", ao lado de outras terríveis: "o Núcleo Bandeirante, onde a Terê mora, é um horror. Parece uma favela. Ruas de terra, esgoto a céu aberto, casas de madeira sem água encanada nem luz elétrica". Coitados dos meus primos. Mil vezes morar em São Paulo, com televisão, máquina de lavar, aspirador de pó, vitrola estereofônica e um Dauphine zerinho na garagem. A trilha sonora da minha casa era Ray Conniff, Waldir Calmon, Walter Wanderley, e as mais tocadas no rádio eram: "Banho de lua", com Celly Campello, "A noite do meu bem", com Dolores Duran, "Esmeralda", com Carlos José, "Mulher de trinta", com Miltinho, "Se acaso

1960

você chegasse", com Elza Soares, e "Me dá um dinheiro aí", com Moacyr Franco.

Mas o que eu gostava mesmo era da televisão. Sabia a programação de cor e não perdia os meus programas prediletos: *Cirquinho do Arrelia*, *Turma do 7*, *Pullman Jr.*, *Sítio do Picapau Amarelo*, com Lúcia Lambertini no papel da Emília, e *Crush in Hi-Fi*, apresentado pela Celly Campello. Eu amava a Celly Campello. Tinha os três LPs dela e sabia de cor o repertório da "Bonequinha que Canta". Só desgrudava da televisão às nove da noite quando apareciam os bonecos do reclame dos cobertores Parahyba:

Já é hora de dormir
não espere a mamãe mandar,
um bom sono pra você
e um alegre despertar.

Aí era hora de pedir a bênção e ir pra cama "sem dar um pio".

Dentre as artistas da televisão, nenhuma me fascinava mais do que a Bibi Ferreira. Eu era louca por ela. Aos domingos eu sentava no sofá às oito da noite e só levantava depois que a Bibi desse boa-noite. Eu adorava o *Brasil 60*, que ela apresentava na TV Excelsior. Mais legal ainda era quando íamos ao auditório da Nestor Pestana assistir ao programa ao vivo. Eu, meu pai e minha mãe, com roupa de festa, sentados na primeira fila, aplaudindo os cantores, humoristas, bailarinos e músicos que por lá passavam. Um programa variadíssimo. Quando terminava, vinha a melhor parte: atravessar a Nestor Pestana e jantar no Gigetto, um restaurante frequentado por artistas.

Meus pais se deliciavam com a famosa perna de cabrito com batatas coradas enquanto eu saía à caça de autógrafos de mesa em mesa. Eu tinha até um caderninho reservado especialmente para este fim. Nada me deixava mais fascinada do que ver artistas de perto. Era como se eles pertencessem a uma categoria especial de pessoas, muito diferente da minha e de todo mundo que eu conhecia. Eu queria ser como eles, invejava a vida que levavam. Artistas não tinham problemas, não sofriam, eram pessoas riquíssimas e viviam rindo o dia inteiro. Quem me dera viver no mundo deles! Aquilo sim era vida. Aos nove anos, eu já me sentia abatida e angustiada com os problemas que me pesavam às costas. A tendência pra fazer drama era o primeiro deles. Os outros eram ser filha única, viver entre adultos, ter poucos amigos, sentir-me incompreendida. A televisão era o meu mundo encantado. Não tinha diversão, passeio ou brincadeira que me divertisse mais.

No meu aniversário de nove anos, eu cismei de convidar a Bibi Ferreira para a minha festa. Uma tarde eu esperei minha mãe sair de casa e liguei pra telefonista.

— Por favor, eu queria o telefone da Bibi Ferreira.

Anotei direitinho e liguei imediatamente.

— Alô, é da casa da Bibi Ferreira?

— Não, aqui é o escritório dela.

— A Bibi está? Eu queria falar com ela.

— A Bibi não está. Quem está falando?

— Meu nome é Titila. Eu queria convidar a Bibi para o meu aniversário. Vai ser no sábado. Será que ela pode vir?

A secretária achou graça e esticou a conversa. Ficamos de papo um tempão. Antes de desligar, eu passei o endereço da minha casa e fiz a moça repetir pra ver se tinha anotado certo. No dia seguinte, liguei de novo perguntando se ela havia dado o recado. No outro, e no outro, também. A cada telefonema, eu repetia o endereço, o dia e a hora.

1960

Por sorte, minha mãe estava ocupada com os preparativos da festa e saía toda tarde.

No sábado, eu e minha mãe enrolávamos brigadeiros na cozinha quando tocaram a campainha. Sobre a mesa, assadeiras lotadas de coxinhas, empadas, croquetes. A empregada foi atender e voltou com um papel nas mãos.

— É um telegrama — disse, entregando-o a minha mãe que foi correndo limpar as mãos no pano de prato.

— Telegrama me deixa de perna bamba.

Mas aquele não era pra ela.

— É pra você — ela disse passando-o às minhas mãos. — Deve ser alguém te dando os parabéns.

Eu nunca havia recebido um telegrama. Rasguei o papel com todo o cuidado e li em voz baixa: "Querida Titila, parabéns pelo seu aniversário. Muitas felicidades, hoje e sempre. Um beijo, Bibi Ferreira". Meus olhos se encheram de lágrimas.

— O que foi? De quem é o telegrama? — minha mãe perguntou assustada.

Ela leu, leu de novo e não entendeu nada. Por que a Bibi Ferreira estaria me mandando um telegrama?

— Eu convidei ela pro meu aniversário.

— A Bibi Ferreira? Quando você falou com ela? Como foi isso?

Contei-lhe a história toda. Se não fosse meu aniversário, tenho certeza de que a bronca seria homérica.

Naquele ano eu ganhei muitos presentes, mas nenhum me deu tanta alegria quanto aquele telegrama. Fiz questão de colocá-lo bem no meio da cama pra que todos vissem como eu e a Bibi éramos amigas, como ela me queria bem. Pra falar a verdade, o telegrama não fez muito sucesso. Minhas amigas não estavam nem aí pra Bibi. Ainda se fosse um cantor de *rock* ou *twist*... Por essas e outras é que eu preferia ficar entre adultos a brincar com elas. Eu sempre dava um jeito de chegar de mansinho na roda dos tios e amigos dos meus pais e ficar ouvindo a conversa. Aos poucos, ia metendo minha colher, dando um palpite, depois outro. Quando eles percebiam, eu estava no centro da roda, opinando sobre o que eu pouco entendia. A pílula anticoncepcional funciona? Não funciona? Faz mal? Não faz? O papa disse que é pecado. Eu não entendia o porquê de tanta discussão por causa de um comprimido, mas algo me dizia que ainda não era hora de perguntar.

Ao redor da vitrola também tinha briga. As meninas querendo ouvir Celly Campello, os meninos, Chubby Checker, os primos mais velhos, Miltinho, Agostinho dos Santos e os mais velhos ainda Maysa, Carlos José, Nelson Gonçalves, e Sarita Montiel cantando "La Violetera".

Meu pai, animadíssimo, contava pra todo mundo sobre a cadeira cativa que tinha acabado de comprar no estádio Cícero Pompeu de Toledo.

— Vai ser o colosso do Morumbi. Acho que inauguram antes do fim do ano.

No dia 2 de outubro ele era um dos que assistiam à partida da estreia entre o time da casa e o Sporting de Portugal. Para júbilo da orgulhosa torcida tricolor, o São Paulo venceu por 1 a 0, gol de Peixinho. À noite fomos comemorar com uma pizza no Camelo. Em todas as mesas, o assunto era um só:

— Quem ganha amanhã? O Jânio ou o Lott?

No dia seguinte o Brasil escolheria o novo presidente da República. A vassourinha dourada no paletó do meu pai era a sua confissão de voto. Ele e mais cinco milhões de brasileiros elegeram Jânio Quadros como o sucessor do Juscelino. O Lott ficou em segundo e o Adhemar na lanterna.

1960

Em novembro, John Fitzgerald Kennedy foi eleito o novo morador da Casa Branca. Jacqueline Kennedy tornou-se a primeira dama mais bonita e elegante que o mundo já viu.

Pouco antes do Natal, quando a madre entregou o boletim, eu respirei aliviada. Apesar de tanta televisão, eu passei sem exame para o quarto ano primário.

"Primeiro chegaram os tanques e os soldados, depois as passagens entre Berlim Oriental e Ocidental foram interrompidas com rolos de arame farpado. Por fim, por ordem da União Soviética e das autoridades da Alemanha Oriental, o arame foi substituído por um muro de concreto pré-fabricado. Os 80 pontos de passagem entre os dois lados do que um dia foi uma única cidade foram lacrados. Apenas veículos autorizados e pessoas munidas de salvo-conduto podem transpor as barreiras. Do lado ocidental houve protestos, com manifestantes lançando pedras contra os soldados orientais, que responderam ao ataque com bombas de gás lacrimogêneo. Antes da construção do muro, as estatísticas apontavam para uma fuga diária de 150 moradores do Leste em direção ao Oeste."

Jornal do Brasil, 18 de agosto de 1961

1961

No dia 31 de janeiro, Jânio tomou posse como presidente da República e proibiu um monte de coisas, entre as quais o lança-perfume. Uma pena. Na matiné infantil, além do confete e da serpentina, o lança-perfume era a alegria da criançada. Eu me lembro de uns óculos de plástico que eu era obrigada a usar para proteger os olhos. De fato, se pegasse nos olhos era um horror, mas nas costas ou nas pernas aquele geladinho era uma delícia. O problema é que sempre tinha um garoto transviado que gostava de fazer maldade.

Os *playboys* se divertiam com brinquedos mais perigosos. Roleta paulista, por exemplo. Descer a rua Augusta a 120 por hora, da Paulista até a Estados Unidos, sem parar em nenhum farol ou cruzamento. Havia desastres e mortes nas madrugadas paulistanas por causa dos desvarios da nova geração. A minha maior transgressão era sapatear como a Brenda Lee tentando imitar a sua voz em "Jambalaia". Quando ela veio ao Brasil, eu fiz minha mãe me levar ao teatro Record para assisti-la. Sentei na primeira fila pra ver se eu descobria o segredo daquela artista que me encantava tanto e que era quase do meu tamanho.

Mas agora não havia sapateado nem Brenda Lee que me animasse. A Celly Campello ia casar e abandonar a carreira. O Eduardo exigia que ela parasse de cantar e fosse tomar conta da casa e dos filhos que viriam. Ela obedeceria pra sempre as ordens do futuro marido. Nunca que eu faria uma coisa dessas. Se eu tivesse de escolher entre o casamento e a carreira, preferia mil vezes continuar sendo cantora. Outra que também anunciou que ia se casar e abandonar a televisão era a Hebe Camargo, que apresentava O *Mundo é das Mulheres*, no canal 5. Ela e mais cinco mulheres recebiam cada semana um convidado do sexo masculino e a primeira pergunta era sempre essa:

— O senhor acha que o mundo é das mulheres?

O Décio Capuano devia ser da mesma turma do Eduardo porque ele também proibiu a Hebe de continuar na vida artística. E as bobonas obedeciam. Se fosse eu... Pois não é que até o Ivon Cury resolveu se casar? Ivon casou com Ivone e logo nasceu Ivana, a primeira filha do casal. Mas ele não abandonou a carreira.

Também foi nesse ano que Yuri Gagarin subiu aos céus e contou pra todo mundo que a Terra é azul. Até então ninguém sabia a cor do planeta que habitávamos. Por causa disso, o Jânio chamou o astronauta russo ao Brasil e condecorou-o com a medalha do Cruzeiro do Sul. Logo depois ele fez o mesmo com Che Guevara, que não era astronauta nem russo, mas também era comunista.

O desaparecimento da Dana de Teffé, uma milionária carioca, era o assunto do momento. Todo mundo achava que o Leopoldo Heitor, seu advogado, era o culpado, mas ele morreu jurando inocência. E o pior: nunca contou onde estavam os ossos da Dana de Teffé. Eu e minhas amigas vivíamos apavoradas com essa história. Um dia fui dormir na casa da Magali, que tinha um irmão insuportável. O delinquente pegou uma coxa de galinha que sobrou do jantar e colocou em cima do meu travesseiro. Quando eu fui deitar, lá estava o osso. Eu berrei tanto que a mãe da Magali veio correndo ver o que tinha acontecido.

— Você pode explicar o que é isso? — perguntou ao filho que espiava tudo da porta.

— Tá parecendo um osso da Dana de Teffé.

O moleque só não levou mais cascudos porque fugiu a tempo. A Magali me deu água com açúcar, mas mesmo assim eu dormi achando que tinha um esqueleto embaixo da minha cama. Tempos depois, quando apareceu na TV um ator chamado Carlos Alberto, eu achava que ele era o Leopoldo Heitor disfarçado, tal a semelhança entre os dois. Demorei pra esquecer a cara do assassino.

Durante o dia, o rádio era melhor que a televisão. Meus programas preferidos eram aqueles em que os ouvintes podiam pedir a música. Eu esperava minha mãe sair de casa e ficava horas pendurada no telefone até conseguir uma liga-

ção e pedir o que eu queria ouvir: "Corina, Corina", com Demétrius, ou "Biquíni de bolinha amarelinha", com Ronnie Cord. No dia em que pedi "A noiva", com Ângela Maria, o locutor achou tão engraçado uma menina de dez anos pedir essa música, que me fez cantar um trecho duvidando que eu a conhecesse. Era tudo que eu queria: "Branca e radiante vai a noiva, logo a seguir, o noivo amado...". Se ele não me interrompesse eu iria até o fim. Naquela época as crianças tinham praticamente o mesmo repertório dos adultos. Eu cantava "Ansiedad" com a mesma emoção que cantava "Hey mamma", da Celly Campello.

Em julho, meu pai comprou uma Kombi e fomos pra Brasília com a lotação esgotada. Avós, tios, primas, meus pais e eu. Nove pessoas ao todo. Sem imprevistos, a viagem duraria três dias. Mas o maior problema não era a distância, nem a superlotação, nem o calor sufocante, era a música que

eu e minhas primas não parávamos de cantar. Elas perguntavam lá do fundo: "Qui que ocê foi fazê no mato, Maria Chiquinha?" e eu respondia aqui da frente: "Eu precisava cortar lenha, Genaro, meu bem".

Até que meu pai perdeu as estribeiras e parou a Kombi no acostamento:

— Se vocês não pararem com essa música, eu volto já pra São Paulo.

Que remédio.

Em Brasília, uns ficaram numa chácara em Luziânia, outros na casa de um tio em Taguatinga. Eu, meu pai e minha mãe ficamos na tia Terê, no Núcleo Bandeirante. Eu nunca tinha visto um lugar como aquele. Só pra me exibir, eu contava que, em São Paulo, eu morava perto da casa da Celly Campello e que vivia encontrando ela na rua, que a casa dela era assim, assado. As primas acreditavam, mas o irmão delas, mais velho, dava o troco:

— Pois aqui a gente vive encontrando o presidente da República.

Depois dessa, eu não desgrudava do meu caderninho de autógrafos. Vai que eu encontrasse o Jânio por aí. Mas a página reservada ao presidente ficou vazia pra sempre.

Na visita que fizemos ao Palácio da Alvorada, a primeira coisa que eu quis ver foi a tal parede de ouro. Aquilo parecia um conto de fadas. No Palácio do Planalto, a diversão era subir e descer a rampa até cansar. No Catetinho, coloquei a cabeça no travesseiro do Juscelino e pedi pro meu pai bater uma foto. "Minhas amigas não vão acreditar". Na volta às aulas, quando a professora pediu que cada uma contasse o que havia feito nas férias, eu fiz o maior sucesso. Ninguém tinha ido tão longe. As meninas faziam cada pergunta... Eu explicava tudo com amplo conhecimento de causa, os candangos, o plano piloto, até que alguém perguntou se eu tinha visto o Jânio.

— O Jânio eu não vi, mas a filha dele não sai da casa da minha tia.

Quem diria que nove meses depois ele renunciaria por causa das forças ocultas? A decepção do meu pai era de doer. E agora? Quem seria o novo presidente? O vice-presidente João Goulart, que estava na China, tratou de voltar rapidinho antes que algum aventureiro lançasse mão do que era seu por direito. E olha que foi por pouco. Finalmente, o Brasil tinha uma primeira-dama à altura da Jacqueline Kennedy. Maria Tereza Goulart não fazia feio em lugar nenhum do mundo. Sorte da Denise e do João Vicente que iam morar naquele palácio com parede de ouro. Mas aí veio a novidade: o Brasil virou parlamentarista. O Jango mandava, mas o Tancredo mandava igual. Por mais que a professora explicasse, eu não conseguia entender a diferença entre parlamentarismo e presidencialismo.

Na sala de aula, sentavam duas meninas em cada carteira. A professora montava as duplas e elas eram fixas o ano inteiro. Minha companheira de carteira era a Salete. Eu gos-

tava dela, mas ela vivia gozando da minha cara e do meu sotaque caipira. Um dia, ao me ver desenhando uma infinidade de corações, ela quis saber se eu estava apaixonada. Eu fiz a besteira de lhe dizer a verdade:

— Estou.

— Por quem? — ela perguntou curiosíssima.

— Pelo dr. Kildare.

A Salete quase caiu da carteira de tanto rir. A professora gritou lá da frente:

— Mais uma dessas e eu ponho as duas pra fora da classe.

Deitamos a cabeça na carteira e continuamos a conversa aos sussurros.

— E desde quando o dr. Kildare pode ser paixão de alguém? Se ainda fosse o Richard Chamberlain dava pra entender.

— Quem é Richard Chamberlain?

— É o ator que faz o dr. Kildare.

E eu lá queria saber do Richard Chamberlain? Eu amava o médico, jovem, lindo e dedicado que aparecia na televisão toda semana. Esse era o homem por quem eu estava apaixonada. Pra mim, a única realidade que existia era a que eu via na TV.

No ano seguinte, eu faria a Admissão para me preparar para o ginásio e, pela primeira vez, estudaria com meninos.

"Vinte e cinco barcos soviéticos, alguns deles supostamente carregados com foguetes russos capazes de destruir cidades inteiras dos EUA, avançam para o cerco de unidades navais e aviões norte-americanos. As forças norte-americanas têm ordem para manter o rígido bloqueio proclamado ontem à noite pelo presidente Kennedy, para impedir a chegada de novas armas ofensivas russas a Cuba. O bloqueio entrará em vigor às 14 horas de hoje e acredita-se que sua primeira prova será durante a tarde, a menos que os barcos russos mudem de rumo."

Folha de S. Paulo, 24 de outubro de 1962

1962

Quando entrei na classe, fiquei apavorada. Eu era a única mulher no meio de quinze garotos. Como enfrentá-los? Como sair viva dali? O silêncio e o total distanciamento foram minhas armas. No começo deu resultado, mas logo eles puseram as manguinhas de fora e riam da minha cara, davam nó no meu cabelo, colavam bilhete nas minhas costas. Sem contar os gestos pornográficos que faziam atrás da minha carteira. A classe inteira caía na gargalhada. Eu fingia que não era comigo e deixava claro meu desprezo por aqueles morféticos.

Meu apelido era arame farpado por causa das minhas pernas de gambito e do cabelo crespo. Pior, impossível. Meu medo era que eles soubessem das minhas paixões secretas, das loucuras da minha cabeça.

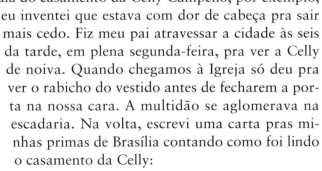

No dia do casamento da Celly Campello, por exemplo, eu inventei que estava com dor de cabeça pra sair mais cedo. Fiz meu pai atravessar a cidade às seis da tarde, em plena segunda-feira, pra ver a Celly de noiva. Quando chegamos à Igreja só deu pra ver o rabicho do vestido antes de fecharem a porta na nossa cara. A multidão se aglomerava na escadaria. Na volta, escrevi uma carta pras minhas primas de Brasília contando como foi lindo o casamento da Celly:

"Sentei no primeiro banco, a festa estava maravilhosa, cada docinho... todos com lacinho cor-de-rosa em cima. Por pouco não peguei o buquê."

Soube depois que elas acreditaram, mas a tia Terê morreu de rir.

— Essa Titila é uma artista. Ninguém inventa histórias como ela.

Em junho, o Brasil inteiro torceu pela seleção canarinho. Quem sabe não conquistaríamos o bicampeonato na Copa do Mundo? O time era praticamente o mesmo que havia trazido o caneco da Suécia em 1958. Mesmo sem Pelé, que se machucou no segundo jogo e foi substituído pelo Amarildo, o Brasil conseguiu a vitória. Venceu a Tchecoslováquia no último jogo e ganhou a Copa. Meu pai lotou a Kombi de crianças e fomos comemorar na avenida São João. No dia seguinte, cidade parou pra ver os jogadores desfilarem em carros de bombeiros pela Consolação.

Os malditos meninos da minha classe, claro, eram loucos por futebol. Menos o Miguel, o garoto mais esquisito da turma. No recreio, ele sempre ficava sozinho, lendo gibi. Ele tinha três apelidos: Quatro Olhos, por causa dos óculos, Freio de Burro, por causa do aparelho que usava nos dentes, e Fenemê, por causa do tamanho do seu traseiro. Por imaginar que ele sofresse como eu, fiquei amiga dele. Ele vivia me emprestando gibis novos. A minha mãe só me deixava comprar um por semana. Ela dizia que eu lia muito rápido e não havia dinheiro que vencesse. Já o Miguel estava sempre com os gibis em dia. Como ele morava perto da minha casa, nós íamos juntos pra escola. À distância, dávamos risada dos idiotas da classe, mas de perto eles nos metiam medo. Eu e o Miguel formávamos o menor grupo da classe, um grupo de dois.

Um dia eu fiz a besteira de contar pra minha mãe que achava o Miguel um pão. Ela deu risada e me levou ao oculista. Pra minha alegria, eu estava mesmo precisando de óculos. Agora eu também era chamada de Quatro Olhos.

— Continua achando o Miguel bonito? — minha mãe perguntou pra conferir.

— Até mais — respondi emocionada. — Ele tem olhos azuis e eu nem sabia.

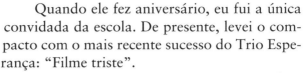

Quando ele fez aniversário, eu fui a única convidada da escola. De presente, levei o compacto com o mais recente sucesso do Trio Esperança: "Filme triste".

O baile estava animado, mas nós preferimos o terraço.

— Você viu a morte da Marilyn Monroe? — ele puxou assunto.

Não havia quem não estivesse chocado com a morte da atriz. O corpo inchado na cama, o rosto deformado, a mão pendurada esperando socorro, estampada na capa de todas as revistas.

— E o pior é que ela era do meu signo — comentei. — Fazia aniversário dia 1º de junho. Também era de Gêmeos.

— E você se acha parecida com ela?

— As pessoas deste signo têm o destino da lua: a todos encantam, mas não são de ninguém.

Essa frase tão bonita, que o Miguel pensou que fosse minha, era do último sucesso da Ângela Maria: "Será que eu sou feia? Não é não senhor", "Então eu sou linda? Você é um amor".

Ele ficou tão comovido que me convidou pra dançar o chachachá. Uma dança superdifícil. Era preciso contar os passos pra esquerda, depois pra direita, dar uma voltinha e fazer tudo de novo olhando para o lado oposto. Se errasse um passo, atrapalhava a fila inteira. O chachachá era dançado em fila.

Mas não era só no futebol que o Brasil brilhava. No cinema, o filme *O pagador de promessas* venceu o Festival de Cannes e voltou com a Palma de Ouro. Em compensação, *Os cafajestes* foi um escândalo nacional. Pela primeira vez uma atriz aparecia totalmente nua na tela. Norma Bengell corria pelada pelas areias de Copacabana por infindáveis dez minutos. Em matéria de cinema, eu preferia os filmes do *Joselito*, da *Marisol*, *Marcelino, pão e vinho* e *O vendedor de linguiça*, do Mazzaropi, que eu assisti na pré-estreia no cine Olido.

Eu e minha mãe íamos sempre à cidade. Tomávamos o bonde na Teodoro Sampaio e descíamos em frente ao Mappin. Depois das compras, ela me levava para tomar chá num salão maravilhoso que havia no quinto andar da maior loja de departamentos de São Paulo. Mulheres de luvas, louças finíssimas, talheres de prata, guardanapo de linho. Parecia os filmes da *Sissi*.

A moda em São Paulo era telefone vermelho. Depois que o Kennedy instalou um telefone vermelho na Casa Branca para falar com o Kruschev, na Rússia, todo mundo queria um igual. Eu não gostava muito daquela história. Dizia-se que ao lado do telefone vermelho tinha um botão que detonava a bomba atômica. Bastava um descuido, uma discussão mais acalorada e o mundo voaria pelos ares. Eu preferia o telefone antigo, mas a modernidade atropelava os meus temores.

Em outubro, o Adhemar de Barros foi eleito governador de São Paulo vencendo sabe quem? O Jânio! Ele mesmo. Em menos de um ano, o homem da vassoura renunciou, foi pra Europa e voltou a tempo de se candidatar. E o pior é que o meu pai votou nele de novo.

Em dezembro, prestei exame de admissão no Ginásio Meira e fui uma das primeiras colocadas. Infelizmente, eu ia me separar do Miguel. O Meira era exclusivamente feminino. Ele prestou no Fernão Dias, um ginásio estadual de Pinheiros, e entrou em primeiro lugar, mas prometeu que isso não mudaria em nada a nossa amizade.

"Dallas, Texas, 22 — O presidente Kennedy foi assassinado hoje, quando desfilava em carro aberto em Dallas, Texas, juntamente com o governador John Connally. Perante 250 mil pessoas, o presidente foi atingido por três disparos, caindo, mortalmente ferido, sobre o banco da frente. Os vidros à prova de bala do automóvel estavam abaixados. O governador Connally foi também atingido, mas sem gravidade. O presidente João Goulart determinou ao embaixador Roberto Campos que volte imediatamente para Washington, a fim de apresentar, pessoalmente, à família Kennedy, os sentimentos do povo e do governo brasileiro pela morte do presidente."

Folha de S. Paulo, 23 de novembro de 1963

1963

O ano começou com um plebiscito para ver se os brasileiros queriam continuar ou não no parlamentarismo. A maioria da população disse NÃO e o Brasil voltou ao presidencialismo. O Jango tornou-se presidente de verdade e nunca mais o Brasil teve primeiro-ministro.

No Carnaval, como sempre, fomos para Lins. Desde que mudamos pra São Paulo, nunca deixamos de passar o Carnaval no clube Linense.

Um mês antes, minhas primas telefonavam avisando como seria a fantasia. Cada ano, uma fantasia diferente. Em seguida, chegava pelo correio o molde com a cor já escolhida. Como eu morava em São Paulo, ficava sempre com as cores que ninguém queria. Roxo, cor de abóbora, lilás. Desta vez eu iria de odalisca, em organza verde-água. Em compensação, minha mãe era a encarregada de ir à rua 25 de Março comprar os adereços: quilômetros de correntes douradas, quilos de pulseiras de plástico, anéis e colares de pedras falsas.

No baile, eu não era das mais animadas. Pulava um pouco e logo me cansava. Também, pudera, minha mãe me obrigava a deixar os óculos em casa, e sem eles eu não via quase nada. O baile virava uma nebulosa poeirenta e cansativa. Melhor ficar sentada, comendo empadinha e tomando guaraná.

Quando minhas primas souberam que eu ia estudar num colégio pertinho da rua Augusta, não acreditaram:

— Quer dizer que essa rua existe de verdade? — Elas pensavam que era só letra de música ("entrei na rua Augusta a 120 por hora").

No primeiro dia de aula, eu tive vontade de chorar. Nunca tinha estudado numa escola tão grande. As meninas do Meira não eram tão ricas quanto as do Des Oiseaux, nem tão metidas quanto as do Sacré Coeur, nem tão estudiosas quanto as do Dante Alighieri. Na verdade, tinham fama de galinha. Mas também, era duro não matar aula estudando a uma quadra da Augusta, quando ela era tudo aquilo que se dizia. Elas ficavam mais tempo tomando chá no Yara, comprando disco na Hi-Fi e vendo as vitrines da galeria Ouro Fino do que na escola. No dia em que os meninos do Paes Leme jogaram milho na porta da escola, o galinheiro ficou em polvorosa.

Eu morria de saudade do Miguel, que nunca mais me ligou, nem apareceu. Um dia eu estava indo à padaria quando vi uma menina morena com cabelo até a cintura tocando a campainha da casa dele. Ele abriu a porta, recebeu-a com dois beijinhos e nem me viu do outro lado da calçada. Voltei pra casa no maior abatimento. Até esqueci de comprar os pães que minha mãe havia pedido.

— Cadê os pães? — ela perguntou ao me ver chegar de mãos abanando.

— A padaria estava fechada.

— Fechada? Pode ir tratando de inventar outra desculpa, dona Titila.

Meus olhos estavam vermelhos de tanto chorar, como na música "Filme triste". Fui correndo pro quarto, liguei o radinho de pilha e desabei na cama. Foi nesse dia que eu ouvi uma música que mudou minha vida: "Vinha voando no meu carro quando vi pela frente". Aumentei o volume: "Na beira da calçada um broto displicente". Demais! "Joguei o pisca-pisca à esquerda e entrei. A velocidade que eu vinha não sei".

O nome do cantor era Roberto Carlos, eu nunca tinha ouvido falar dele. No dia seguinte, outra novidade com o mesmo cantor: "Splish splash fez o beijo que eu dei...". Perguntei pra Berê, pra Tuca, ninguém conhecia. Foi nas páginas da *Intervalo*, uma revista que só falava de televisão, que eu vi o rosto dele pela primeira vez. A reportagem dizia que no Rio de Janeiro ele já era famoso, embora só agora seus discos começassem a tocar em São Paulo.

Como eu havia pedido uma vitrolinha portátil de presente de aniversário, achei que não seria muito pedir o LP do Roberto de lambuja, *Splish splash*. Ganhei os dois. Decorei o disco inteiro na primeira semana e me apaixonei perdidamente pelo rapaz de cabelo bem curtinho e ar de moço tímido estampado na capa.

As meninas da minha classe faziam bailinho todo domingo à tarde, mas eu nunca havia sido convidada. Eu me sentia a última das últimas até que um dia uma delas me contou que a coisa era mais simples do que eu imaginava:

— Não precisa de convite. É só aparecer, levar os discos que você gosta e uma Coca-Cola.

Minha mãe fez até vestido novo pra ocasião: um tubinho verde-limão com uma corrente dourada na cintura. Com o LP do Roberto debaixo de um braço e uma garrafa de Coca-Cola no outro, lá fui eu para o meu primeiro bailinho. A sorte é que eu tinha escrito meu nome na capa do disco porque tinha três iguais ao meu.

Os momentos mais românticos eram embalados por "Al di lá", "Roberta", "I can't stop loving you". Na hora de

1963

dançar solto, tocava Beatles e "Hava Nagila", uma música israelense que a gente traduzia assim:

> Joaquim cheirou sua meia,
> Joaquim cheirou sua meia,
> Joaquim, Joaquim,
> cheirou sua me-e-e-eia...

De vez em quando, a mãe da dona da casa vinha sondar a temperatura. Chegava de mansinho, conferia casal por casal e voltava pra cozinha. Quando tocava o Chubby Checker ela ficava sossegada, sabia que não tinha agarra-agarra. Às oito da noite, vitrola fechada e *bye-bye*.

Os bailes eram cada semana na casa de uma menina da turma. Quando chegou a minha vez de oferecer a casa, eu achei uma ótima oportunidade para convidar o Miguel e matar a saudade. Pois não é que ele teve a indelicadeza de vir com a tal morena cabeluda? Essa foi a última vez que olhei pra cara dele. Fora esse triste episódio, o baile esteve animadíssimo. Minha mãe arrastou os móveis da sala, tirou o tapete e fez três bandejas de cachorro-quente. Mas eu não fiquei sozinha. O Guto, irmão da Cíntia, toda hora me tirava pra dançar. O Miguel desperdiçou a última chance que lhe dei.

Em três meses, *Splish splash* já estava em sétimo lugar nas paradas de sucesso. Eu lia tudo que saía sobre o Roberto. Na reportagem da *Revista do Rádio* eu li que ele tinha mania de carrões. Acabara de comprar um Chevrolet 55 branco, conversível, hidramático, com vidros *ray-ban*.

Mas uma outra novidade viria abalar minha vida. No dia 1º de julho, sob patrocínio da pasta dental Kolynos, estreou a primeira novela da TV brasileira: *2.54.99 ocupado*. Eu não perdia um capítulo.

Todo dia, às sete da noite, eu pegava o prato e ia jantar na sala. Fiquei mestra na arte de equilibrar prato sobre os joelhos. Fiz isso a minha vida inteira. Glória Menezes e Tarcísio Meira tornaram-se o par romântico de maior sucesso no momento.

Neste ano, duas mortes comoveram o mundo: a do papa João XXIII, queridíssimo pelos católicos do mundo todo, e o assassinato de John Kennedy, deixando a linda Jacqueline viúva e tendo que cuidar dos filhos sozinha.

Meu pai, finalmente, conseguiu comprar um apartamento. O prédio era na rua Lisboa e ainda estava em construção. Todo fim de semana íamos ver o esqueleto do edifício se esticando. São Paulo virava um canteiro de obras. Os paulistanos trocavam freneticamente as casas com quintais imensos por apartamentos com área de serviço e *hall* social. Foi quando a cidade começou a crescer pro alto.

Minha mãe caprichou na decoração. Cobriu de papel as paredes da sala, laqueou de cinza os velhos móveis da sala de jantar e comprou um lustre de cristal cheio de pingentes. Na sala de visitas, um jogo de sofá da Lafer, uma mesinha de mármore com balangandãs de prata e uma campainha de carrilhão. Dois enormes tubos de metal faziam "dim-dom" cada vez que alguém chegava. Nos quartos, armários embutidos substituíam os velhos guarda-roupas, as cômodas e as penteadeiras. Adeus escovão e enceradeira. O sinteco resolvia o problema do brilho do assoalho de uma vez por todas. A televisão ficava numa sala só pra ela. A famosa saleta de televisão, com cadeira do papai e tudo. Era caipira ter televisão na sala.

1963

No Natal eu ganhei o disco da Giani cantando "Domi-nique" e a boneca "Gauchinha", uma homena-gem a Yeda Maria Vargas, nossa Miss Universo 1963. A última boneca que ganhei na vida.

"São Paulo parou ontem para defender o regime. A disposição de São Paulo e dos brasileiros de todos os recantos da pátria para defender a Constituição e os princípios democráticos, dentro do mesmo espírito que ditou a Revolução de 32, originou ontem o maior movimento cívico já observado em nosso Estado: a 'Marcha da Família com Deus, pela Liberdade'. Com bandas de música, bandeiras de todos os Estados, centenas de faixas e cartazes, numa cidade com ar festivo de feriado, a 'Marcha' começou na Praça da República e terminou na Praça da Sé, que viveu um dos seus maiores dias. Meio milhão de homens, mulheres e jovens — sem preconceito de cor, credo religioso ou posição social — foram mobilizados pelo acontecimento. Com 'vivas' à democracia e à Constituição, mas vaiando os que consideram 'traidores da pátria', concentraram-se defronte da catedral e nas ruas próximas. Ali oraram pelo destino do país. E, através de diversas mensagens, dirigiram palavras de fé no Deus de todas as religiões e de confiança nos homens de boa-vontade. Mas também de disposição de lutar, em todas as frentes, pelos princípios que já exigiram o sangue dos paulistas para se firmarem."

Folha de S. Paulo, 20 de março de 1964

1964

O ano começou mal. Meu avô, pai da minha mãe, teve um enfarte e morreu dormindo, um dia antes da festa de comemoração das Bodas de Ouro. Minha avó foi casada com ele cinquenta anos menos um dia. Os parentes iam chegando pra festa e davam de cara com o caixão no meio da sala. Que fazer com os presentes, com as toaletes? Nem por isso as crianças deixaram de se divertir. Corríamos e brincávamos em meio ao velório achando a morte uma coisa muito natural. De vez em quando um adulto nos dava bronca e mandava moderar a alegria. Só ficamos bravos quando soubemos que este ano não ia ter Carnaval. Minha mãe e minhas tias só aliviaram o luto na missa de ano. Minha avó vestiu preto até morrer.

O clima em São Paulo estava tumultuado. As greves dos operários e dos estudantes assustavam a população. Minha revolta era outra:

— Por que só estudante de faculdade pode fazer greve?

— Porque eles são comunistas e você não é.

Meu pai chegava em casa todo dia reclamando da bagunça.

— Fiquei mais de três horas parado na Consolação por causa dos estudantes na Maria Antonia.

Quanto à fábrica, a reclamação dele era outra:

— O Jango tá querendo me ver na miséria. É o terceiro aumento que ele dá esse ano, e mesmo assim os empregados continuam de braços cruzados. Não querem saber de trabalhar.

Na madrugada de 1º de abril, um susto. Minha mãe entrou no meu quarto esbaforida e pediu que eu me aprontasse correndo porque íamos viajar.

— Quem morreu dessa vez? — perguntei assustada.

— Calma que ninguém morreu. Por enquanto.

Achei melhor não perguntar mais nada. Deitei no banco de trás do Gordini e só acordei em Lins.

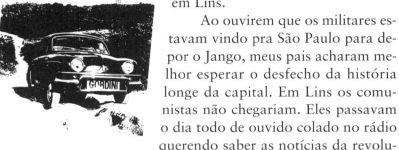

Ao ouvirem que os militares estavam vindo pra São Paulo para depor o Jango, meus pais acharam melhor esperar o desfecho da história longe da capital. Em Lins os comunistas não chegariam. Eles passavam o dia todo de ouvido colado no rádio querendo saber as notícias da revolução. Até que um dia o *Repórter Esso* anunciou que o Jango não estava mais no país.

— Viva! Viva! A paz voltou a reinar entre nós. — Era hora de voltar pra casa.

Só eu continuava triste. Por causa dessa viagem maluca, perdi cinco capítulos de *Ambição*, a nova novela da Excelsior, com Arlete Montenegro, Lolita Rodrigues e Tarcísio Meira. A Glória Menezes não participou porque estava grávida.

Em Lins ainda não tinha televisão nessa época. Em compensação, lá eu conseguia falar com a maior facilidade com o locutor da rádio e pedir as músicas que eu queria ouvir. As linhas telefônicas não eram tão congestionadas como em São Paulo.

De volta às aulas, a primeira lição foi decorar o nome do novo presidente: marechal Humberto de Alencar Castello Branco.

Na televisão, novela era o que não faltava.

Depois de *Ambição*, veio *A moça que veio de longe*, com Rosamaria Murtinho e Hélio Souto, a primeira novela a fazer sucesso nacional. Só a Excelsior tinha três: às seis, às sete e às nove. Na Tupi, *Alma cigana*, com Ana Rosa e Hamilton Fernandes, às oito da noite. Por sorte, dava pra ver todas.

Um dia, na escola, eu fiquei sabendo que o Hélio Souto era dono de uma boate que estava pra ser inaugurada, pertinho do Meira. Eu e três amigas fizemos plantão na porta da tal boate até que um dia deu certo. O galã de cabelos grisalhos e voz de trovão estava chegando. Ao nos ver, gentilíssimo, ele distribuiu autógrafos e ainda nos convidou para o coquetel de inauguração. Eu liguei pra minha mãe e disse que teria de ficar até mais tarde na escola. Minhas amigas fizeram o mesmo. Às sete da noite nós quatro fomos à festa de inauguração do Dobrão, a mais famosa boate da época. Ninguém entendia o que aquelas meninas de uniforme estavam fazendo ali, mas nos trataram muito bem. Preenchi várias páginas do meu caderninho de autógrafos nesse dia.

Nos bailinhos da turma, a novidade era a Rita Pavone com o eletrizante sucesso "Datemi un martello".

De Londres, veio o último grito da moda para as mulheres do mundo todo. Mary Quant decretou que todas subissem a barra da saia. Estava inventada a minissaia. Minha mãe resistia. A cada novo vestido, uma demorada negociação.

— Subo três dedos e olhe lá.

Tudo bem que minhas pernas eram finas como talos de bambu, mas nem por isso eu deixaria de exibi-las. O jeito era enrolar a saia na cintura depois que saísse de casa.

O Edu, irmão da Beth, era o galã do pedaço. Todas as meninas davam em cima dele. Eu sabia que minhas chances eram mínimas, mas também estava gamada.

1964

Ao contrário do Miguel, o Edu era um menino normal, simpático, falante e divertido. Loiro de olhos azuis.

Uma tarde eu estava na casa da Beth esperando ela chegar, quando ele me chamou:

— Vem conversar no meu quarto enquanto minha irmã não chega.

Fiquei assustada, mas fui. "Vai que ele pense que eu sou uma boboca." Achei esquisito quando ele trancou a porta  por dentro e colocou o LP do Bobby Solo na vitrola. Depois, deitou na cama de pernas abertas e me chamou pra deitar com ele. Eu deitei bem na beirinha, com uma perna pra dentro, outra pra fora. O Edu tinha dezesseis anos. E se a Beth chegasse? Pior: e se a mãe dela me visse ali deitada com o filho dela?

— Você gosta dessa música? — ele disse pegando na minha mão.

— Adoro. É a minha preferida.

Quem não gostava de "Una lacrima sul viso"?

Como quem não quer nada, ele pegou minha mão e colocou no meio das pernas dele. Fiquei gelada. Eu sabia que aquilo não estava certo. A aflição foi aumentando até que, tomada por uma coragem repentina, pulei da cama e me despedi:

— Diz pra Beth que eu volto amanhã.

Nunca contei pra ela nem pra ninguém o sufoco que passei. Um dia eu o vi chamando a Débora pra conversar no quarto dele. Ela foi e demorou bastante. Quando voltou pra sala estava com o cabelo todo desarrumado.

É proibido fumar era o novo LP do Roberto. Na capa, ele ainda tinha aquele ar de menino, mas estava de braços cruzados e me encarava muito sério. Quando o disco saiu, "O calhambeque", "É proibido fumar" e "O leão está solto na rua" já eram sucessos e tocavam nas rádios sem parar.

Por causa do sucesso desse disco, Roberto ganhou seu primeiro troféu Roquette Pinto, como cantor Revelação. A festa da entrega do Roquette Pinto era maravilhosa. Uma cerimônia de gala transmitida ao vivo para todo o Brasil. Homens trajando *smokings* alinhadíssimos e mulheres exibindo vestidos do Dener ou do Clodovil.

Muitas cantoras faziam sucesso: Meire Pavão, Rosemary, Giani, mas nenhuma conseguia ocupar o lugar deixado vago por Celly Campello. Nossos corações só voltaram a palpitar ao ouvir uma jovem chamada Wanderléa cantando "Exército do surf" e "Meu bem lollipop". Era ela.

Glória Menezes e Tarcísio Meira eram pais de um lindo garoto que, com uma semana de vida, já estava na capa da *Intervalo*.

Pra fechar o ano com chave de ouro, o Brasil recebeu duas ilustres visitas internacionais, ambas francesas: o general Charles De Gaulle — para quem tiveram de fazer uma cama especial de tão alto que o homem era — e a Brigitte Bardot, que veio passar o Natal em Búzios com o namorado. Os vestidos da BB viraram uniforme no verão de 1964. Todo mundo queria um igual. Tecido xadrez, com babadinho de bordado inglês e manguinha bufante. Ar de menina campesina. O meu era verde e branco.

A Hebe saiu da TV, mas nunca deixou de ser notícia. Nas páginas das revistas semanais ela exibia o barrigão, orgulhosa da gravidez.

A Tupi anunciou a estreia da nova novela: *O direito de nascer*, que já tinha sido transmitida havia muitos anos pela

1964

rádio Tupi. Eu lembrava da minha avó de lenço na mão chorando pela Isabel Cristina. Agora ela poderia ver o rosto dela, do Albertinho Limonta, da Mamãe Dolores. A emoção seria muito maior.

No final do ano, uma questão no exame de História me deixou encasquetada:

> Que importante acontecimento deu-se no Brasil no dia 31 de março deste ano?

Eu fui sincera:

> Os militares depuseram o presidente João Goulart. No seu lugar entrou o marechal Humberto de Alencar Castello Branco. O Jânio, o Lacerda e o Juscelino foram cassados por dez anos. Ninguém mais pode votar neles pra nada. As passeatas e as greves terminaram, agora todo mundo estuda e trabalha em paz, mas infelizmente eu não sei ao certo o que aconteceu. Uns falam que foi golpe, outros, revolução. Como eu não sei a diferença entre uma coisa e outra, não posso responder essa pergunta por completo.

A professora deu meio certo, mas mesmo assim eu passei de ano.

"Como arranjar um marido:

1. Quando uma mulher deseja casar-se não deve ficar ansiosa e sair aflita à caça de um marido. Deve, isso sim, aumentar o mais possível suas relações sociais. Deve frequentar reuniões, ir a festas, aumentar seus círculos de amigos. Se possível, oferecer reuniões em sua casa frequentemente.

2. Para uma mulher solteira é preferível conhecer dez pessoas do que cinco, melhor conhecer cinquenta do que dez. Assim não só ela terá oportunidade de poder fazer uma justa seleção, como poderá ser mais facilmente cortejada e terá condições para uma boa escolha.

3. Uma jovem que deseja casar-se deve estar sempre impecavelmente vestida e maquilada. Não poderá negligenciar seu aspecto físico, que deverá ser o melhor possível. Os pequenos detalhes são importantíssimos para despertar o interesse de um admirador.

4. Uma jovem desejosa de casar-se não se deve comprometer com o primeiro pretendente que aparece. Lembrem-se de que os noivados repentinos raramente resultam em casamento. E se isso acontece, dificilmente serão casamentos felizes.

5. Mesmo que o seu desejo de casar seja grande, não se comprometa. Uma mulher que sabe esperar é coisa tão rara que até parecerá um milagre e isso o fará admirá-la e querê-la ainda mais."

Folha de S. Paulo, 12 de setembro de 1965

1965

O ano começou botando pra quebrar: os americanos bombardearam o Vietnã e começaram uma guerra que duraria dez anos. A beatlemania tornou-se uma comoção mundial, e eu, depois do desastre com o Edu, desisti dos loiros e lindos e voltei a paquerar os meninos esquisitos.

Apesar de todo mundo achar o Dani feio e antipático, eu o achava o máximo. Principalmente pela inteligência. Aos 15 anos ele já estava no primeiro científico, enquanto eu ainda estava na terceira série do ginásio. Na verdade, ele era mais antipático do que esquisito. Era moderno, cabeludo, usava calça boca de sino e gostava de dançar de rosto colado. Só que todo mundo achava ele metido a intelectual.

Quando ele traduziu "Que c'est triste Venise" inteirinha no meu ouvido enquanto dançávamos, eu babei.

— Fiz oito anos de Aliança Francesa — explicou.

Imagine a minha alegria quando ele disse que eu era a única menina "conversável" da turma.

— Você é muito bem informada.

— É que eu leio jornal todo dia — respondi, com o maior orgulho.

Nos bailinhos, nós conversávamos sem parar. Às vezes tão animadamente que éramos convidados a nos retirar para não atrapalhar os casais.

Cumprido o luto pela morte do meu avô, este ano o Carnaval estava liberado. Esta seria minha última matinê. No próximo, eu já poderia entrar à noite no majestoso, maravilhoso, portentoso, esplendoroso baile do Clube Linense.

O bloco das primas ia de Tarantela: um vestido de algodão com avental branco de organdi. Na cabeça, um lencinho, e nas mãos um pandeiro com fitas coloridas. Desta vez não teve briga porque todos os vestidos eram da mesma cor. "Trem das onze" e "Mulata bossa-nova" foram as músicas mais tocadas.

Minha paixão musical do momento era o solfejo do filme *A noviça rebelde*, na versão do Moacyr Franco:

> Dó, um dia, um lindo dia.
> Ré, reluz é ouro em pó.
> Mi, é assim que chamo a mim...

Uma música que não terminava nunca.

O novo prefeito de São Paulo, brigadeiro Faria Lima, estava virando a cidade de pernas pro ar. Abriu as avenidas 23 de Maio e Rubem Berta, as marginais, construiu viadutos, alargou ruas e acabou com os bondes da cidade. São Paulo ganhava ares de grande metrópole. Não havia quem não gostasse dele.

O Dani foi o convidado especial da minha festa de aniversário. Minha mãe aprovou:

— Bem melhor que o Miguel.

De presente, ele me deu o LP *Dois na bossa*, com uma dupla que estava abafando: Elis Regina (Élis ou Elis? Ninguém sabia ao certo) e Jair Rodrigues. O Dani era louco por ela. Quase toda semana ia ao teatro Record assistir à gravação do programa que a dupla apresentava: *O Fino da Bossa*. Eu adorei o disco, principalmente "Menino das laranjas", mas não se comparava ao *Roberto Carlos canta para a juventude*, que acabara de sair. Na capa,

uma foto do Roberto com o rosto apoiado no braço. Ele não tinha mais aquele ar de bom menino. Era uma foto quase triste. Desse disco, a música que eu mais gostava era "Não quero ver você triste assim", uma música falada e assobiada. Só o Roberto pra fazer uma coisa dessas... Em segundo lugar, vinha "Aquele beijo que te dei".

Se bem que eu ainda não tinha beijo nenhum pra lembrar. Nunca tinha dado beijo na boca. Ficava só na imaginação. Eu queria que o meu primeiro beijo fosse em alguém por quem eu estivesse bem apaixonada. E aí só vinha o Roberto Carlos na minha cabeça. Se não fosse com ele, poderia ser com o Dani.

Naquela época, parada de sucesso era um negócio levado muito a sério. Roberto já aparecia em quarto lugar. Em primeiríssimo, os Beatles, depois, a Rita Pavone e o Bobby Solo.

A alegria de ver a ordem e a paz restabelecidas no país durou pouco. Logo as passeatas recomeçaram e, com elas, o confronto com a polícia, a cavalaria, as bombas. Os artistas faziam protestos nas escadarias dos teatros. A turma do iê-iê-iê olhava tudo de longe.

O presidente Castello Branco determinou que não haveria mais eleição para presidente da República. Os deputados e senadores é que escolheriam quem iria governar o país daqui pra frente. Além de acabar com as eleições, ele também acabou com os partidos políticos. No lugar daqueles que sempre existiram, apareceram outros dois, Arena e MDB. E foi assim, por um decreto, que acabaram as discussões políticas que tanto animavam as festas da minha família.

1965

A Rede Globo, recém-inaugurada no Rio de Janeiro, comprou o canal 5 e os paulistas puderam conhecer artistas e programas que só os cariocas conheciam. Estava assentada a pedra fundamental da aldeia global. Mas a Record ainda era a bola da vez. Cada noite da semana tinha um musical diferente apresentado por um grande nome da MPB: Elis Regina, Elizeth Cardoso, Wilson Simonal, Agnaldo Rayol.

Quando as transmissões ao vivo dos jogos de futebol aos domingos foram proibidas, a Record preencheu a lacuna com um musical para o público que faltava: os jovens, ou a *nova geração*, como se dizia. No comando, o meu queridinho, cuja popularidade aumentava a cada dia: Roberto Carlos.

Mas antes da estreia do programa do Roberto, teve o episódio do último capítulo de *O direito de nascer*. A audiência da novela era tanta, que o último capítulo foi transmitido ao vivo. Quando li a notícia, pedi de joelhos que meu pai me levasse ao Ginásio do Ibirapuera, onde aconteceria o espetáculo. Era uma sexta-feira, 13 de agosto. Ele bem que tentou me demover da ideia, falou que ia ser perigoso, que ia ter muita gente, mas acabou cedendo aos caprichos da filha telemaníaca. A coisa foi muito pior do que ele previra. A multidão se espremia para atravessar os portões, todo mundo desesperado para conseguir o melhor lugar. Eu era levada sem que meus pés tocassem o chão. Meu pai ia na frente, me arrastando pelo braço. O lugar que conseguimos era praticamente pendurado no teto. O palco parecia uma caixa de fósforos e a Mamãe Dolores, uma pulga pulando de cá pra lá. Não dava pra ver o rosto dos atores, muito menos escutar o que eles diziam. Por sorte, no dia seguinte o elenco repetiu a cena no Maracanãzinho, e eu pude, finalmente, assistir ao último capítulo no conforto do meu lar.

O nome do programa do Roberto era *Jovem Guarda* e estreou no dia 22 de agosto, às quatro e meia da tarde. Desde às duas eu já estava rondando a televisão. Quando ele apareceu no palco, a plateia foi ao delírio:

> Ei, ei, ei, Roberto é nosso rei.
> Asa, asa, asa, Roberto é uma brasa.

A primeira canção foi a mais conhecida: "O calhambeque" ("Mandei meu Cadillac pro mecânico outro dia").

Depois foi a vez dos convidados: Os Incríveis, Tony Campello, Wanderléa, Rosemary, Ronnie Cord, The Jet Black's, Erasmo Carlos e Prini Lorez, um cantor brasileiríssimo que cantava as versões do Trini Lopez, o Mr. "La Bamba".

Como as versões chegavam antes da gravação original, quando o verdadeiro Trini veio ao Brasil, todo mundo achou que ele estava imitando nosso inigualável Prini. Ao término do programa, Roberto fez a despedida que ficou na história: "Bem, vocês me desculpem, mas eu vou embora. Existem mil garotas...". Roncou forte — vroooooommmmmm — e foi embora.

Em um mês, *Calhambeque* virou calça, bota, cinto, chapéu. "Brucutu", nome de uma música que o Roberto cantava, era o anel feito com o esguicho de água que havia no capô do fusca, e as expressões que o Roberto usava: *bicho, carango, é uma brasa, mora*, foram incorporadas ao vocabulário das pessoas de todas as idades.

O sucesso do programa foi tanto que Roberto lançou outro LP nesse mesmo ano: *Jovem Guarda*. Nesse disco, além de "Quero que vá tudo pro inferno", que virou hino nacional, todas as outras foram sucessos: "Lobo mau", "Coimbra", "Gosto do jeitinho dela", "Escreva uma carta meu amor", "Mexerico da Candinha", "Não é papo pra mim".

Em três meses, a audiência do programa chegou a três milhões de telespectadores. Adeus bailinhos, adeus Dani. Não havia quem me tirasse da frente da TV aos domingos. Mas eu queria mais. Meu sonho agora era ir ao auditório do programa e ver o Roberto de perto.

As meninas do Meira não eram muito chegadas no *Jovem Guarda*. Elas preferiam os Beatles e outros astros internacionais. A única que gostava do Roberto tanto quanto eu era Duda. Foi pra ela que eu falei da minha vontade de ir ao programa. Ela achou ótima ideia. Mas nós sabíamos que os ingressos eram vendidos com muita antecedência. Era preciso madrugar na fila pra conseguir um lugar. Por sorte, o pai da Duda fazia-lhe todas as vontades e topou o sacrifício por nós. Acordou cedo e ficou na fila que se estendia pela Consolação, até a bilheteria abrir. Quando nos mostrou os ingressos, eu e a Duda quase tivemos uma síncope. Nós iríamos ver o Roberto de perto!

Comecei a aprontação pela manhã. Experimentei todas as roupas do armário até decidir pelo tubinho Courrèges que minha mãe tinha feito, igualzinho ao que saiu na *Manequim*. Branco com losangos pretos aplicados na frente. A meia-calça também era uma novidade que as meninas não dispensavam. Pulseiras e brincos também em branco e preto. Nos olhos, sombra e delineador da Biba me deixariam de abafar. O Roberto não resistiria. Mas quando a Duda apareceu com um *palazzo* pijama de estampa psicodélica, eu tremi na base. Ela estava muito mais bonita do que eu.

Já que o pai da Duda havia comprado os ingressos, caberia ao meu pai levar-nos ao teatro. Sentada no banco da frente, com a cabeça colada no vidro, eu pedia desesperadamente que ele pisasse fundo no acelerador.

— Calma que isso não é um dos carrões do Roberto e eu não ando a 200 por hora.

O Roberto tinha acabado de comprar o terceiro carro: um Impala 51 fenomenal. Imagina se ele ia andar num Gordini lerdo como aquele.

Meu pai nos deixou na porta do teatro e voltou pra casa pra nos ver pela TV. Quando as portas se abriram, nós entramos desembestadas à procura do nosso lugar. Eu me lembrei da multidão me esmagando em *O direito de nascer*, mas dessa vez a animação era tanta que eu não tive medo nenhum. Agarrei o braço da Duda e fomos empurrando quem estava à nossa frente. Nossas poltronas eram na quarta fila. Melhor impossível. Eu estava a ponto de explodir. A Duda tentava me acalmar. De repente, os holofotes se acenderam, o conjunto atacou os primeiros acordes e lá estava ele, em carne e osso. Roberto entrou, curvou-se completamente, agradeceu os aplausos e cantou "Lobo mau".

De perto, ele era ainda mais lindo. Eu não via nada ao meu redor. O mundo começava e terminava naquele homem que cantava no meio do palco. Minha concentração era tanta que eu nem percebi a Duda me cutucando pra me emprestar o binóculo. Quando eu mirei o rosto do Roberto e ajustei o foco, a emoção foi tanta que eu abri o berreiro. Chorava de soluçar. A Duda achou melhor pegar o binóculo de volta antes que eu tivesse um treco. A maquiagem feita com tanto capricho escorria pelo rosto. Em casa, foi preciso que minha mãe jurasse que aquela garota descabelada, com dois rastros negros embaixo dos olhos era eu. Meu pai não acreditava.

— Mas por que ela está chorando desse jeito?

Na segunda-feira, ao entrarmos na classe, a gritaria foi geral:

— Nós vimos vocês no *Jovem Guarda*.

1965

Nos fizeram contar tudo em detalhes. Eu me encarreguei do relatório. A Duda não acreditava no que estava ouvindo:

— Quando o programa terminou — eu disse —, nós fomos ao camarim do Roberto, pedimos autógrafo e conversamos um tempão com ele.

Depois que elas se foram, a Duda quis saber porque eu tinha inventado aquela história de camarim, autógrafo.

— Porque essas meninas são umas mentirosas. Vivem dizendo que não assistem ao *Jovem Guarda* e está provado que assistem.

Um mês depois, quando a rainha Elizabeth condecorou os Beatles com a Ordem do Império Britânico, eu achei pouco:

— Se ela conhecesse o Roberto, lhe entregaria o Império inteiro.

Uma dia, o Dani me ligou pra saber por onde eu andava.

— Que tal um cineminha?

— Só se for no sábado — respondi.

— Te espero na porta do Astor, na sessão das duas.

Nós iríamos ver o filme que estava emocionando multidões: *Dr. Jivago*. Acompanhando o sucesso do filme, o "Tema de Lara" era a música que mais tocava nas rádios.

Depois do cinema, o roteiro sagrado: comer *hot-dog* na rua Augusta e jogar boliche, a febre do momento. As casas de boliche se espalhavam pela cidade numa profusão epidêmica.

Eu gostava de conversar com o Dani. Ele era bem legal, falava coisas interessantes, diferente dos rapazes que eu conhecia. Me contou do científico, falou da sua paixão pela medicina, da vontade de entrar na Pinheiros.

Minhas notícias não eram tão boas. Neste ano, pela primeira vez, eu tinha ficado de segunda época, em francês. Por sorte, o Dani me deu aulas particulares nas férias e eu passei para a quarta e última série ginasial.

"Aproveitando os muitos cruzeiros que estão entrando por todos os lados, Roberto alugou um apartamento em São Paulo. Também comprou um Impala conversível 64, cinza-pérola, ao custo de 29 milhões. Ele está com a bola branca, pois fechou contrato por mais oito meses de *Jovem Guarda*. O Rei é uma brasa, mora!"

Revista do Rádio, outubro de 1966

1966

Finalmente, este ano eu iria pular o Carnaval à noite. Adeus matinê infantil, batalha de confetes, bloco de primas, fantasias ridículas. Eu agora escolheria o tema e a cor da minha própria fantasia.

Fantasiar-se, pra mim, continuava sendo o melhor do Carnaval.

Na revista *Claudia*, de janeiro, havia modelos pra todos os gostos. Eu iria de colombina estilizada: um tomara que caia preto e uma minissaia de tule bordada com lantejoulas prateadas. Nas mãos, uma máscara para esconder o rosto de vez em quando, nos cabelos, um imenso pompom prateado. Não ia ter pra ninguém.

O salão à noite era maravilhoso. A decoração era mais rica, tinha mais luzes, as mulheres eram mais chiques e havia uísque sobre todas as mesas. Eu me sentia no Copacabana Palace. Mas o sonho durou pouco. Os rapazes mais velhos não davam bola pra uma pirralha como eu. A turma do Pratinha, o Beoso, o Kim Janeiro e o Guto, só queria saber das meninas mais velhas. O sucesso do baile era a Luluzinha, a moça mais linda de Lins. Ficou em segundo lugar no concurso Miss Brasil 1969, perdendo só para a Vera Fischer. Os amigos das minhas primas não me davam bola porque me achavam uma paulistana muito fresca. Conclusão, tomei o

maior chá de cadeira. Foi difícil admitir, mas a matinê era mais divertida. A colombina desconsolada passou a noite ouvindo o Roberto Carlos cantar baixinho no seu ouvido: "— Que é que você tem? Conta pra mim. Não quero ver você tão triste assim".

Ninguém me confortava como ele nos momentos em que o mundo parecia desabar sobre minha cabeça.

Meu quarto ia se cobrindo de Roberto Carlos. Eu comprava todas as revistas em que saíam coisas sobre ele, recortava as fotos e colava nas paredes. Roberto bebê, Roberto fazendo primeira comunhão, Roberto com 10, 14, 16, 18 anos. Fotos dos pais, dos irmãos, da primeira professora. Eu era uma ilha cercada de Roberto por todos os lados. Nem pro Francisco Cuoco, meu ídolo no setor telenovelas, eu dava espaço.

O Cuoco era o astro de *Redenção*, a maior novela da televisão brasileira: 594 capítulos, sem contar as reprises! Naquela época era comum aparecer um locutor dizendo:

— Devido à falta de luz no bairro da Mooca, reprisaremos o capítulo de ontem.

Às vezes o motivo nem era falta de luz. Bastava os telespectadores pedirem e a emissora reprisava.

— Atendendo a inúmeros pedidos...

A grande novidade era a volta de Hebe Camargo à televisão. Ela ganhou um programa na TV Record, aos domingos à noite, onde recebia os convidados num sofá. Quase todos os domingos lá estávamos os três, eu, meu pai e minha mãe, nas primeiras filas, aplaudindo a loiruda.

A revista *Realidade* era a sensação do momento. As reportagens eram polêmicas e davam o que falar. Os *hippies*, a nova geração, as drogas, a pílula anticoncepcional, o preconceito racial eram tratados de um jeito muito diferente das outras revistas. Eu era superfã dos *hippies*. Vivia com o dedo em V e faixa na cabeça pregando paz e amor.

Este ano eu faria quinze anos, o momento mais esperado na vida de uma garota. A festa, o vestido, a lista de convidados, as quinze amigas pra dançar a valsa, o cardápio, tudo era pensado com muita antecedência. A primeira valsa, eu dançaria com meu pai, a segunda com tio Mário e a terceira com o Dani, que ficou muito honrado com o convite.

Meu vestido era branco, de renda, com minúsculas rosas aplicadas sobre o tecido. Bem curtinho, como mandava o figurino. Mas me faltavam os dotes físicos necessários para ser considerada uma "mina". A miopia me obrigava ao uso de óculos, o cabelo crespo era detestável — a moda era tê-los lisos como seda. Por mais que eu fizesse touca e passasse horas no secador, o danado não amansava. O jeito era comprar uma peruca. A peruca era moda. Todas as garotas, mesmo as que tinham cabelo liso, tinham duas, três perucas, uma para cada ocasião. Fui com minha mãe ao Antoine e a cabeleira original foi recoberta por outra, lisa e sedosa, de Kanekalon. No lugar dos óculos, um par de lentes de contato. Rígidas e que incomodavam terrivelmente. Cílios postiços, unhas postiças e sutiã de espuma pra aumentar os seios inexistentes deram o retoque final. Eu fiquei irreconhecível. O Dani não conseguiu esconder o espanto.

— Como você está diferente.

Mas ele não ficava atrás. De terno, como pedia o convite, cabelo penteado, sapato social e um buquê de rosas com um cartão afetuoso.

Animadíssimos, nós dançamos a noite inteira. O repertório internacional era "Yesterday", "Io che non vivo senza te", "Capri c'est fini", "Califórnia dreamin". O nacional, "A volta", "Festa do Bolinha", "Ternura", "Pobre menina", "Tijolinho", "Coruja" e todas do Roberto Carlos. Quando o Dani assumiu o comando da vitrola, foi a vez de Elis Regina, Chico Buarque, Edu Lobo, Vinícius de Moraes, Wilson Simonal. Uma prima me deu um LP chamado *Satisfaction*, de um conjunto inglês que chegou pra desbancar os Beatles,

1966

os Rolling Stones. Passei pra frente na primeira oportunidade, sem nem ouvir.

Antes da meia-noite, eu tive de tirar as lentes de contato. Meus olhos estavam congestionadíssimos. Dancei a valsa de óculos, pra desgosto da minha mãe, que filmava tudo com uma Super 8 comprada especialmente para a ocasião. Depois da valsa eu troquei o sapato de salto (as meninas usavam salto pela primeira vez na festa de quinze anos) por uma sandalinha, e só então comecei a me divertir.

Se dependesse do Roberto Carlos, neste inverno ninguém passaria frio em São Paulo. A campanha *Quero que você me aqueça neste inverno*, comandada por ele, arrecadou mais de dez mil agasalhos. Eu fiz questão de levar pessoalmente uma sacola cheia de malhas ao teatro Record.

Eis que chega, do Rio de Janeiro, um cantor com pretensões de usurpar o trono do Rei. O nome dele era Ronnie Von. O rapaz tinha um ar de príncipe e jogava os cabelos loiros e lisos pra trás quando cantava "Meu bem" — versão de "Girl", dos Beatles. Logo ele ganhou um programa na Record: *O pequeno mundo de Ronnie Von*, aos sábados à tarde. Quem fosse ao programa dele não pisava na *Jovem Guarda* e vice-versa. Conseguiria o príncipe desbancar o Rei?

O Pequeno Príncipe era casado, mas falava pra todo mundo que a Aretusa era uma prima que morava com ele. Só depois de muito tempo, ele contou que ela era sua mulher. Naquele tempo, os artistas eram sempre solteiros.

De todos os cantos aparecia gente querendo carona na caranga da *Jovem Guarda*. Martinha veio de Minas Gerais e grudou no Roberto, tipo "daqui não saio, daqui ninguém me tira". Não tinha vergonha de confessar publicamente sua paixão por ele. Suas músicas eram verdadeiras declarações de amor ao Rei, "Eu daria a minha vida para te esquecer".

Ela e a Wanderléa fingiam ser muito amigas, mas todo mundo sabia que a verdade era outra.

Em julho, uma tragédia: um incêndio pôs abaixo as instalações da TV Record. E este foi só o primeiro dos muitos que vieram depois, na Bandeirantes e na Excelsior. Quem estaria querendo reduzir a cinzas a televisão brasileira? Seriam mesmo os comunistas como se dizia?

Na Copa do Mundo da Inglaterra, o Brasil fez um feio danado. Eusébio, um jogador português, acabou com a nossa festa. O Brasil perdeu por 3 a 1 para Portugal e voltou pra casa nas oitavas de final. A dona da casa foi a campeã.

Mao Tsé-tung e a Revolução Cultural não saíam das páginas dos jornais. Como seria uma revolução cultural? — eu me perguntava. As pessoas tacavam livros na cabeça dos adversários? Ensinavam matemática para o inimigo? Pra piorar, dizia-se que tudo era feito conforme o livro vermelho. O único livro vermelho que eu conhecia era a Bíblia. Mas os comunistas não liam a Bíblia, eles eram ateus.

Um jovem cineasta francês, Jean-Luc Godard, tentou explicar o que estava acontecendo na China com o filme *A chinesa*, mas piorou. As pessoas saíam ainda mais confusas. Meus pais chegaram em casa às gargalhadas:

— Nunca vimos um filme tão louco!

Os Beatles mal tinham começado e já anunciavam a última apresentação.

— Eu não falei? O Roberto ainda reinará sozinho sobre o planeta!

Em setembro, o assunto era o Festival de Música Popular Brasileira da TV Record. O Brasil inteiro parou para ouvir "A banda" passar. Na primeira eliminatória, Roberto defendeu a música "Anoiteceu". Mas o público do festival era muito diferente daquele que frequentava a *Jovem Guarda*. Os universitários, definitivamente, não gostavam do Roberto e receberam-no com a maior frieza. Nessa noite ele não se classificou. Mas na noite seguinte, conseguiu colocar "Flor maior" entre as finalistas. No último dia, contrariando a vontade do público, Roberto ficou em quinto lugar. Em primeiro, "A banda" e "Disparada", empatadas. Todo mundo saiu contente.

Logo depois do Festival, Roberto recebeu o título de cidadão paulistano dos vereadores de São Paulo. Na primeira fila, *Lady* Laura e seu Robertino aplaudiam emocionados o discurso do filho. Um dia Roberto acrescentou o título de *lady* ao nome da mãe e ela se tornou *Lady* Laura *forever*. Encantado com a homenagem e, principalmente, com o sucesso da *Jovem Guarda*, Roberto alugou um apartamento e mudou-se para São Paulo. As revistas especializadas mostravam o apartamento em detalhes. Na sala de paredes azuis, um sofá azul com almofadas brancas. Na parede, a estante com os troféus. No quarto, uma cama branca com almofadas azuis. Tomando conta de tudo, um mordomo de nome Nícolas Mariano. Na verdade, o nome do rapaz era Mariano, mas Roberto achou pouco para um mordomo e, por isso, acrescentou o Nícolas.

Os carrões na garagem do Rei já eram nove: um Oldsmobile 66, um Cadillac presidencial, um Ford 1930, dois Impalas, um Bel-Air, um Alfa Romeu esporte, um MG e um Triumph Sport. Seus negócios também começavam a se diversificar. Depois da grife *Calhambeque*, foi a vez dos postos de gasolina. O primeiro deles foi o *Rocar*, no Shopping Iguatemi. Quando tio Mário

Eu te darei o céu

me ligou convidando para o coquetel de inauguração do posto do Rei eu pensei que fosse gozação.

— É verdade. Eu ganhei um convite que dá direito a duas pessoas e sua tia cedeu de bom grado o lugar dela pra você.

Santo Deus! Desta vez não era como no auditório, eu ia ver o Roberto de perto MESMO. Que emoção! Com que roupa eu iria ao coquetel? Eu nunca tinha ido a um coquetel. Um terninho risca de giz com camisa de seda e laçarote no pescoço foi o traje escolhido. Nos pés, um par de botas de napa, compradas na Augusta, especialmente para a ocasião. Desta vez a Duda não tiraria meu brilho. Ela não estaria nem por perto. Quando eu lhe contasse onde fui, ela pensaria que era mentira, mas eu teria o autógrafo pra provar que desta vez era verdade.

No salão do coquetel, eu não tirava o olho da porta por onde o Roberto entraria. Não conseguia prestar atenção em mais nada. De repente, começou a correria.

— Abram alas que o Roberto chegou!

Larguei meu tio falando sozinho e corri pra porta. Quando vi, estava cara a cara com ele. O Roberto olhou pra mim, eu olhei pra ele, ele me fez um aceno de cabeça, sorriu e continuou seu caminho, cumprimentando as pessoas ao redor. Deu até pra sentir o perfume dele. A emoção foi tanta que eu não me segurei e fiz xixi na calça. Me aproximei do tio Mário e pedi com lágrimas nos olhos:

— Tio, me leva embora.

— Já? O coquetel nem começou!

Ao ver a minha tristeza, ele me apertou nos braços e me consolou.

— Você ainda terá muito tempo pra ver o Roberto.

Mas eu sabia que uma oportunidade dessas só aparece uma vez na vida. E eu havia perdido a minha. Tirei o paletó, amarrei na cintura e fui andando até o estacionamento. Meus pés faziam *pleft-pleft* dentro das botas novinhas. Não, Roberto, o mundo não é bom e a felicidade não existe.

1966

No mês seguinte, ele tornou-se um rei de verdade. O cetro e a coroa foram entregues por *Lady* Laura no programa do Chacrinha. Ninguém mais podia duvidar da sua majestade.

A capa do LP deste ano era uma foto em preto e branco de um Roberto muito sério. As músicas eram maravilhosas: "Esqueça", "Negro gato", "Namoradinha de um amigo meu", "Nossa canção" etc. Haveria no universo música mais linda do que "Nossa canção"? Como se não bastasse, ele me prometia o céu ("Eu te darei o céu, meu bem, e o meu amor também").

Mas três perguntas me fundiam a cuca:
1. Quem era "a namoradinha de um amigo meu" por quem ele estava apaixonado?
2. Quem estava querendo acabar com ele ("Querem acabar comigo")?
3. Quem era a tal garota papo-firme?

Valdirene, a mais nova rival da Wanderléa, disse que era ela: "Sou a garota papo-firme que o Roberto falou", mas eu nunca acreditei.

No fim do ano, a formatura do ginásio foi completa: missa na capela do Colégio São Luiz, colação de grau no auditório do Sion e baile no Fasano, ao som da orquestra de Silvio Mazzuca. As formandas do Ginásio Meira saíam até na coluna social do Tavares de Miranda. De vestido longo de brocado prateado eu dancei a primeira valsa com meu pai, a segunda com tio Mário e a terceira com o Dani, que me deu de presente uma orquídea lilás dentro de uma caixa de vidro.

"O campeão mundial dos pesos-pesados, Cassius Clay, foi condenado a cinco anos de prisão por ter se recusado a atender a convocação do Exército americano para lutar no Vietnã. O campeão, que é muçulmano e ativo defensor dos direitos civis dos negros, sustenta que ir para a guerra é contra todos os seus princípios religiosos. A atitude do pugilista foi aplaudida pelos pacifistas, que pedem o fim da guerra em protestos cada vez mais numerosos nos Estados Unidos e em todo o mundo, mas valeu-lhe também a ira daqueles que passaram a considerá-lo um 'covarde antipatriota'. Estes cassaram-lhe a medalha de ouro conquistada nos Jogos Olímpicos de 1960 e o título mundial, além de proibirem sua participação em lutas oficiais."

Jornal do Brasil, 19 de junho de 1967

1967

Quem acabava o ginásio não tinha muitas opções: ou fazia o curso Normal, se quisesse ser professora, ou o Clássico, que preparava para as faculdades da área de Humanas, ou o Científico, se quisesse ir para as Exatas. Eu continuaria no Meira e faria o Normal.

A minha classe era praticamente a mesma do ginásio. A maioria das meninas queria ser professora. Eu queria muito fazer faculdade, mas como ainda não sabia qual, achei melhor garantir o diploma de professora e deixar pra decidir depois.

Uma vez no Normal, meu primeiro ato de maturidade foi comprar um maço de Minister e começar a fumar. Escondido, claro. Quanto ao Carnaval, era melhor deixar pra lá. Eu estava velha demais pra matinê e nova demais pro baile da noite. Depois da decepção do ano passado, era melhor acompanhar as festividades momescas pela televisão.

Mas não era só eu que estava desanimada. O país inteiro estava meio jururu. A Censura e a Lei de Imprensa calaram a boca de todo mundo. Quem se atrevesse a abrir o bico era enquadrado na Lei de Segurança Nacional. A nossa moeda mudou de nome e passou a se chamar Cruzeiro Novo, valendo mil vezes menos que o antigo. O nome do novo governador de São Paulo era Roberto de Abreu Sodré e o novo presidente da República era o marechal Arthur da Costa e Silva, ambos

escolhidos pelos militares. A população não votava mais para escolher seus governantes, em nenhuma instância.

A pouca inteligência do novo presidente virou mote de piadas de Norte a Sul do país. Era o jeito encontrado pra rir da situação. No mais, a pancadaria continuava comendo solta no lombo dos estudantes, dos jornalistas, dos bancários e dos trabalhadores que insistiam nas manifestações e passeatas.

A *Jovem Guarda* vivia sua melhor fase e Roberto emplacava um sucesso atrás do outro. O programa chegou a dar 100 pontos de Ibope! Wanderléa arrebentava com "Prova de fogo" enquanto Eduardo Araújo cantava "Meu carro é vermelho", Erasmo avisava que podia vir quente que ele estava fervendo, e Sérgio Reis dizia que o coração dele não era de papel.

Os Incríveis disparavam a metralhadora em "Era um garoto que, como eu, amava os Beatles e os Rolling Stones", Wilson Simonal homenageava Luther King, e Bobby di Carlo encontrou o que procurava: "Você é o tijolinho que faltava na minha construção".

A Jovem Pan era a rádio do momento, com programas sob o comando dos grandes nomes da TV Record. Às dez da manhã, o Roberto Carlos respondia cartas, contava histórias, conversava com os ouvintes ao pé do ouvido. Depois dele, vinha o programa do Agnaldo Rayol. À tarde tinha o da Hebe, da Cidinha Campos e da Elis.

Em junho, Roberto deu início à carreira internacional. Fez *shows* em Luanda, Portugal e Itália. Na volta, passou pelos Estados Unidos, onde se apresentou no programa do Ed Sullivan. Terminou a temporada cantando em vários países da América Latina.

Elis Regina, bravíssima com o término do programa O *Fino da Bossa*, aproveitou que Roberto estava fora e liderou uma passeata contra o iê-iê-iê, declarando guerra às guitarras elétricas. Mal sabia ela que o Roberto, já de volta ao país, acompanhou a tal passeata de longe, escondido dentro de um carro.

No curso Normal eu conheci uma professora que mudou a minha vida. Ela dava aula de artes e seu nome era Chakê, uma jovem recém-formada, de origem armênia, muito diferente de todas as outras professoras. Ela propunha exercícios interessantíssimos, umas coisas malucas que puxavam pela nossa criatividade e imaginação, coisa que ninguém fazia naquele colégio. Suas aulas me deixavam com a cabeça a mil por hora. Eu era a aluna mais entusiasmada da classe e acabei me revelando um talento nas artes plásticas. Se antes eu era tida como a bobona da turma, agora as bobonas eram elas. Eu era considerada uma artista. Minha esquisitice virou excentricidade. E não era só na aula de artes. Minhas redações também faziam sucesso. Passei a escrever pra todo mundo que pedisse. Estava quase tudo resolvido, não fosse um detalhe: eu continuava apaixonada pelo Roberto Carlos. Esse era o meu ponto fraco, e a Fernanda resolveu tirar proveito:

— Sabe que meu pai vendeu um carro pro Roberto Carlos? Ontem ele foi à casa dele pegar o cheque.

Sim. O último Impala que o Roberto comprou era do pai da Fernanda.

— Onde ele mora? — perguntei, pulando na carteira.

— Não sei. Meu pai é quem sabe.

— E você não pode perguntar pra ele?

— Amanhã eu pergunto.

Claro que a Fernanda aproveitou pra me torturar. No dia seguinte, nada do endereço.

— Não esquece de perguntar, por favor.

Cansada de esperar, liguei pra casa dela.

— Oi, Fê, seu pai está em casa?

1967

— Está.

— Então pergunta pra ele o endereço do Roberto.

Ela não tinha como escapar.

— Pai — ouvi a Fê perguntando —, onde o Roberto Carlos mora?

— Por que você quer saber?

— A Titila está no telefone e quer saber.

— Na Albuquerque Lins.

— Pergunta o número — berrei do outro lado.

— Ela quer saber o número.

— Eu não sei o número. É no último quarteirão, perto da avenida São João, num prédio à esquerda de quem desce.

— Ouviu?

— Ouvi. Manda um beijão pra ele — e bati o telefone na cara dela.

Pronto! Era tudo o que eu queria. Eu tinha o mapa da mina e chegaria ao tesouro de qualquer forma. No dia seguinte contei meu plano pra Duda. Ela vacilou, mas acabou topando. Nós diríamos que a escola estava pedindo dinheiro para um passeio. Conseguida a verba necessária, pegaríamos um táxi, iríamos até a casa do Roberto e voltaríamos pra escola sem que ninguém desconfiasse. O plano seria realizado pela manhã, durante o período da aula. Mas a Duda pressentiu um problema:

— O porteiro não vai deixar a gente entrar na casa dele.

Eu já tinha pensado nisso e encontrado a solução: o suborno.

— Suborná-lo como?

— Com uma garrafa de uísque.

— Boa! Duvido que ele não se renda.

No dia marcado, esperei a Duda do lado de fora do colégio. Se entrasse, só sairia com autorização dos pais. Assim que ela chegou, nós passamos à primeira etapa do plano: fomos a uma padaria e compramos uma garrafa do uísque mais tomado no Brasil, Drury's. O dono só nos vendeu porque dissemos que era um presente para um professor. Pedimos que ele embrulhasse a garrafa pra presente e metemos dentro da mochila da Duda. Segunda etapa: ir à rua Augusta e tomar um táxi. Pedimos que o motorista tocasse para a Albuquerque Lins. Quando vimos que estávamos no último quarteirão, pedimos que ele parasse o carro e descemos. Fomos andando a pé, procurando o prédio. A fachada do edifício eu conhecia. Já tinha saído num monte de revistas.

— É esse! — eu gritei com certeza absoluta.

Encostamos a cara no portão e chamamos o porteiro. Quando ele se aproximou, eu perguntei:

— É aqui que mora o Roberto Carlos?

— É aqui mesmo.

— Ele está?

— Ele está dormindo.

— A gente queria entrar um pouquinho.

— Infelizmente, eu tenho ordem pra não deixar ninguém subir.

Era a vez da Duda entrar em ação. Ela tirou a garrafa da mochila e passou às mãos do porteiro pelo vão da grade.

— A gente trouxe esse presente pra você.

Ele pegou o pacote, agradeceu e voltou para a portaria. Nunca um emprego lhe rendeu tantos presentes. Esperamos dez minutos e chamamos de novo.

— Deixa a gente entrar, pelo amor de Deus!

— Não posso. Ordens são ordens.

De tempo em tempo, repetíamos o pedido, negado das 9 às 11 da manhã. De olhos fixos na janela do apartamento do Rei, nós observávamos os mínimos movimentos: a cortina se mexendo, uma sombra passando de lá pra cá. Eu já estava com torcicolo quando o Nícolas apareceu na janela. Eu e a Duda pulamos na calçada agitando os braços feito duas malucas.

— Nícolas! Nícolas!

Sorridente, ele deu um adeuzinho.

1967

— Chama o Roberto! — berrávamos desesperadas.

Numa mímica tão maluca quanto a nossa, ele disse que o Rei ainda estava dormindo. Nós insistimos:

— Chama ele, por favor!

A moradora do andar de baixo reclamou em altos brados:

— Todo dia é esse inferno. Aposto que os pais dessas meninas acham que elas estão no colégio.

De repente a Duda olhou as horas e levou um baita susto.

— Titila, onze horas! Temos de ir embora correndo.

Mais que depressa, ela chamou um táxi e me jogou dentro. Inconformada, fui reclamando pelo caminho:

— Ele estava quase nos deixando entrar.

Quando contei essa história para uma prima, ela tentou me esnobar:

— Pois eu não só entrei na casa do meu ídolo, como fui muito bem recebida por ele. Até limonada ele me serviu.

— Mas também... na casa do Ronnie Von só não entra quem não quer. Quero ver entrar na casa do Roberto Carlos.

Nas férias, meu pai alugou um sítio perto de São Paulo. Convidei a Duda para ir comigo. Filha única sempre anda com amiga a tiracolo. Meus pais estavam acostumados.

A Duda era uma menina muito bonita, morena, alta, cabelos lisos e sorriso enigmático. Ela fazia o sucesso que eu sonhava pra mim. Eu me achava muito mais inteligente do que ela, mas inteligência não era um atributo muito valorizado pelos meninos da turma.

Nossos vizinhos de sítio eram uma família vinda do Rio de Janeiro, com dois filhos que eram uns pães: o João, de dezoito anos, e o Rui, de dezesseis. Eu gostei mais do Rui por três motivos:

1. Ele tocava violão superbem;

2. Ele sabia de cor todas as músicas do repertório do Rei;

3. ELE ERA A CARA DO ROBERTO! O mesmo jeitinho

triste, os olhos fundos, o sorriso e o irresistível "ar de moço bom". Pra completar, ele também puxava nos "erres". Eu adorava quando ele dizia: beijarrrrrrrr, amarrrrrrr, namorarrrrrrrrrr.

Os meninos conheciam outros meninos e logo a turma ficou imensa. Passávamos a noite dançando ao som do The

Mamas & The Papas, Procol Harum, The Monkees, Johnny Rivers, Beatles, Herman's Hermits e, claro, Roberto Carlos. O Rui pegava o violão e cantava até o dia clarear.

O Rui/Roberto Carlos foi minha primeira paixão pra valer, mas comecei mal. Por desconhecer totalmente o procedimento correto nestas situações, eu chamei o Rui para uma conversa particular e confessei-lhe o meu imenso amor. Ele ficou assustadíssimo. Não. Não era assim que as meninas se comportavam. Em 1967, cabia às garotas esperar que os garotos tomassem a iniciativa, nunca o contrário. Pra piorar, ele me disse que gostava muito de mim como amiga, mas estava super a fim da Duda. Aí eu cometi o maior erro de todos: comecei a chorar na frente dele. Ele pediu mil desculpas e disse que poderíamos ser amigos, que amizade às vezes era melhor que amor etc. etc. Tudo bem, eu compreendi e me conformei, mas quando ele dançava com a Duda de rosto colado, eu ia chorar escondido no jardim. Como ela sabia da minha paixão,
não aceitou o pedido de namoro que ele lhe fez. Mesmo sabendo que ela me fora fiel, a amizade entre nós nunca mais foi a mesma. As férias terminaram numa torrente de lágrimas de todos os envolvidos.

Em setembro, a Chaké levou a classe à Bienal de Artes Plásticas. Eu nunca tinha ido a uma exposição tão grande nem tão

maravilhosa como aquela. Fiquei maluca, fui lá muitas vezes. Ficava passeando sozinha, com a cabeça fervilhando de ideias e possibilidades que se abriam à minha frente. Pedi para minha mãe me comprar cavalete, telas, tintas e pincéis e passava horas pintando no meu quarto ao som do Roberto Carlos. Virei essas adolescentes esquisitas que se fecham na sua e não falam com ninguém. A Chakê era minha mestra. Ela me emprestava livros, indicava filmes, exposições. Enquanto as meninas da minha classe choravam com Sidney Poitier em *Ao mestre com carinho* e *Adivinhe quem vem para jantar*, eu queimava meus miolos vendo *A bela da tarde*, *Terra em transe*. Eu não entendia quase nada, chegava a sair no meio de alguns filmes, mas não desistia.

Meu visual também passou por mudanças importantes e definitivas. Parei de brigar com meu cabelo e deixei que ele encrespasse à vontade, pus de lado os vestidos e minissaias e adotei a calça Lee como uniforme. Dei todos os sapatos de salto para as minhas primas e só usava tênis. Peruca, lentes de contato, foi tudo pro lixo. De cabelão crespo e óculos redondos na ponta do nariz, eu fiquei a cara da Janis Joplin. Minha mãe morria de desgosto ao me ver tão *hippie*, por dentro e por fora.

O Dani já estava no terceiro científico e com ele eu continuava me dando muito bem. Nossas cabeças iam na mesma direção. Nós tínhamos os mesmos interesses, o mesmo jeito de ver o mundo, os mesmos problemas com os pais. Só numa coisa a gente não combinava de jeito nenhum: no gosto musical. Ele não suportava a *Jovem Guarda*, vivia falando mal do Roberto. A turma dele era o Geraldo Vandré, o Edu Lobo, o Chico Buarque.

Roberto Carlos agora ia virar astro de cinema. Estava filmando *Roberto Carlos em ritmo de aventura*. As fãs acompanhavam a filmagem quadro a quadro. Iam às locações, aglomeravam-se nas ruas, deixando o Roberto Farias, diretor do filme, de cabelo em pé.

O concurso para escolher a felizarda que contracenaria com Roberto mobilizou milhares de garotas de Norte a Sul do país. A vencedora foi a Rose Passini. Por coincidência, uma menina de Lins, filha de uma amiga da minha mãe.

No Festival de MPB, a cena do ano passado se repetiu: Roberto foi vaiadíssimo, mas conseguiu classificar "Maria, carnaval e cinzas". Aliás, este ano teve tanta vaia que o festival era chamado de *festivaia*. Sérgio Ricardo perdeu a paciência e atirou o violão na plateia. Edu Lobo foi o vencedor com "Ponteio", mas as estrelas que mais brilharam foram Gilberto Gil e Caetano Veloso. Eu fiquei maluca com "Alegria, alegria" e torci muito pra ela ganhar. No Meira, as meninas diziam que essa música não tinha pé nem cabeça.

— Vocês são umas xaropes que não entendem nada de arte moderna — eu esbravejava.

O novo LP do Roberto era a trilha do filme que só estrearia no ano seguinte, e também se chamava *Roberto Carlos em ritmo de aventura*. Esse disco fez tanto sucesso que a CBS lhe deu um Jaguar de presente. A última faixa do lado B, "Só vou gostar de quem gosta de mim", virou meu lema pra vida inteira.

Fora as músicas do LP, havia uma outra composição do Roberto nas paradas de sucesso, na voz de um cantor até então desconhecido: Agnaldo Timóteo. Era a primeira vez que isso acontecia. A música se chamava "Meu grito" e nunca foi gravada pelo Rei, nem antes nem depois disso.

1967

Eu prestei bastante atenção na letra e concluí que os boatos que corriam sobre o Roberto talvez fossem verdadeiros. Dizia-se que ele estava apaixonado por uma mulher casada.

Não demorou e veio a confirmação. Não tendo mais como negar, ele acabou confessando tudo. Estava mesmo apaixonado por uma mulher que *fora casada*. Logo veio a público o nome dela: Nice Rossi. Ao saber disso, eu matei uma outra charada: o significado daquelas caretas e daquele estranho gesto que o Roberto vinha fazendo ultimamente no programa: ele olhava bem pra câmera e fazia o número quatro com os dedos da mão. Quatro dedos, quatro letras, um dedo pra cada letra: N-I-C-E.

Na verdade, eles se conheciam desde 1965, mas ele esperou que ela se separasse do marido para tornar público o romance. Além de casada, Nice tinha uma filha, Ana Paula. O rosto da Nice ninguém ainda tinha visto. Roberto a escondia a sete chaves. De vez em quando aparecia uma foto dela entrando ou saindo dos lugares, de óculos escuros, escondendo o rosto. Como seria o rosto da mulher que o Roberto Carlos amava? Será que ela parecia com a Duda?

Aí morreu o Che Guevara e, pela primeira vez, eu abri espaço na minha parede para outra pessoa. Colei a foto do herói guerrilheiro em cima da minha cama e escrevi ao lado, em letras garrafais: VIVA CHE! Ao ver aquilo, minha mãe quase morreu do coração:

— Você está querendo ser presa?

Mas eu era assim mesmo. Meu modelo de mulher nunca foi a Regina Duarte, mas a Leila Diniz que, além de linda, não tinha medo de nada.

"Cerca de mil estudantes que participavam do XXX Congresso da UNE, iniciado clandestinamente num sítio em Ibiúna no Sul do estado, foram presos ontem de manhã por soldados da Força Pública e policiais do DOPS. Estes chegaram sem serem pressentidos e não encontraram resistência. Toda a liderança do movimento universitário foi presa: José Dirceu, presidente da UEE, Vladimir Palmeira, presidente da União Metropolitana de Estudantes e Antonio Guilherme Ribeiro Ribas, presidente da União Paulista de Estudantes Secundários, entre outros. Eles foram levados diretamente ao DOPS. Os demais estão recolhidos ao presídio Tiradentes. Desde segunda-feira os habitantes de Ibiúna notaram a presença de jovens desconhecidos, que iam à cidade comprar pão, carne, escovas e pasta de dente, despertando suspeitas ao adquirir mais de NCr$ 200 de pão de uma só vez."

Folha de S. Paulo, 13 de outubro de 1968

1968

Este ano eu mesma fiz minha fantasia para o Carnaval. Um camisolão branco coberto por palavras tiradas das manchetes dos jornais, escritas nas mais diversas cores e tamanhos: bomba atômica, Vietnã, Beatles, Roberto Carlos, dólar, pílula anticoncepcional, Lunik 9 etc. etc. etc. Na cabeça, uma peruca de flores de papel crepom e, no rosto, uma margarida imensa em cima dos olhos. Tirei primeiro lugar em originalidade.

Em São Paulo, as passeatas e os protestos continuavam agitando a cidade. A Chakê ia a todas e depois me contava como era fugir da polícia, jogar bolinha de gude pros cavalos escorregarem, inalar gás lacrimogêneo. Eu me sentia especial por merecer sua confiança num assunto sério como esse. Dava todo o meu apoio de longe, sem coragem de chegar perto.

O dr. Christian Barnard era a vedete internacional do momento. O médico sul-africano havia realizado com êxito o primeiro transplante de coração da história. Quando ele veio ao Brasil, foi entrevistado no programa da Hebe, que lhe perguntou:

— A pessoa que recebe o coração novo continua gostando de quem o antigo dono gostava? — expressando uma dúvida que encasquetava muita gente, mas que só ela teve coragem de perguntar.

O Rei parecia só ter tempo pra Nice. Até o programa *Jovem Guarda* ele abandonou. Passou o comando pro Erasmo e pra Wanderléa e viajou para a Europa com a noiva. Mostrando-se à luz do dia, Nice deu seu grito de independência:

— Estou cansada de me esconder — declarou aos repórteres antes de embarcar.

Sinceramente, eu não sabia o que sentir em relação a ela. Fisicamente, ela se parecia mais com as amigas da minha mãe do que comigo. Ela não era uma garota que ganhou a parada. Não dava pra sentir raiva. O amor e a loucura das fãs pareciam não atingi-la. Altiva e serena, ela trazia o lobo mau na corrente, dócil como um cordeirinho.

Mas não era só o Roberto que tinha me abandonado, o Dani estava estudando tanto pro vestibular que ficava meses sem me telefonar. No Meira, com exceção da Chakê, eu não tinha com quem trocar uma ideia decente. O jeito era me trancar no quarto e ler, pintar, desenhar, escrever sem parar.

Quando Martin Luther King foi assassinado eu abri a segunda exceção. Colei na parede uma foto dele e escrevi em cima: *Eu tive um sonho*. Perdido por dez, perdido por mil. Em maio eu fiz um cartaz gigantesco com as frases que os estudantes franceses gritavam para o mundo inteiro: *É proibido proibir* e *A imaginação no poder*.

Roberto voltou irreconhecível da viagem à Europa. Um bigodinho chinês, óculos redondinho de metal e uma bata bordada comprada na mesma loja onde os Beatles compravam as suas.

— Isso só pode ser coisa da Nice. Ela quer mostrar ao mundo que fez dele uma outra pessoa — concluí com meu aguçadíssimo faro Sherlock-freudiano.

A *avant-première* do filme do Roberto foi no Palácio da Alvorada, para o presidente Costa e Silva e convidados. Em

São Paulo, o filme entrou em cartaz no Cine Majestic, pertinho do Meira. Eu fui religiosamente, pelo menos uma vez por semana, enquanto o filme foi exibido. Sabia os diálogos de cor, as sequências, as músicas. A plateia era um imenso coral. Toda vez que o Roberto aparecia em *close*, as meninas gritavam alucinadas. Eu não fazia isso, o meu amor tinha o silêncio dos amores verdadeiros.

O filme era uma panaceia de aventura, comédia romântica, policial e cinema novo. Roberto Carlos fazia o papel dele mesmo, um cantor perseguido por uma quadrilha internacional que queria raptá-lo e programá-lo para fazer milhões de músicas com a ajuda de computadores.

Num dado momento, a filha da amiga da minha mãe, que era a chefona da quadrilha inimiga, faz a proposta:

— Roberto, acredite em mim. Eu, você e a cibernética podemos ser muito felizes.

Ele vacila:

— Não sei não. Esse negócio de cérebro eletrônico, robô, computador, me deixa meio cabreiro.

No final, ela se junta ao bando de fãs e deixa os bandidos pra lá. Depois de muita correria de carro, helicóptero, barco e até foguete ao redor da Terra, Roberto pousa no Brasil em meio a uma guerra onde tudo termina bem. Tanques do exército brasileiro distribuem tiros pra todo lado sob o comando de José Lewgoy. Reginaldo Farias (irmão do diretor de verdade) fazia o papel de um diretor maluco que perdia o roteiro e ia bolando as sequências conforme o filme ia sendo rodado, um recurso metalinguístico estonteante. Tinha de tudo no filme, menos romance. O momento mais romântico é quando Roberto canta "Como é grande o meu amor por você" com uma boneca de pano no colo. Na vida real, ao contrário, Roberto e Nice se casaram no dia 10 de

1968

maio às 10 horas da manhã, em Santa Cruz de La Sierra, na Bolívia. Como ela era desquitada, eles não puderam se casar no Brasil. O divórcio ainda demoraria quase dez anos para chegar por aqui. Tico-Tico, o repórter invencível, foi para a Bolívia junto com os noivos e narrou a cerimônia para o Brasil inteiro.

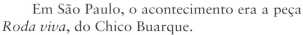

O vestido da Nice foi feito pelo Clodovil e era desbundante. Um casaco branco abotoado de cima a baixo, com gola e punhos de pele. Na cabeça um chapéu, também de pele, tudo alvo como a neve. Depois da cerimônia, os pombinhos foram para os Estados Unidos passar a lua de mel.

Em São Paulo, o acontecimento era a peça *Roda viva*, do Chico Buarque.

Uma tia minha, pensando tratar-se de um musical qualquer, levou a filha para assistir à peça. Depois de quinze minutos, ela saiu enfurecida, xingando os atores e arrastando a filha pela mão. Eu não podia deixar de ver. Tanto insisti que meus pais me levaram ao teatro Ruth Escobar. Sentamos na segunda fila, preparados pra tudo.

Eu ia muito ao teatro, tinha visto todas as peças importantes dos últimos tempos, mas confesso que desta vez eu fiquei com medo. Os atores andavam pela plateia, mexiam com as pessoas, ofendiam, provocavam. A peça contava a transformação de Benedito Silva em Ben Silver, um cantor que morria crucificado pelas mãos do empresário, dos jornalistas e das próprias fãs. Na cena final, o elenco jogava pedaços de fígado cru na plateia simulando a carne do astro numa horripilante comunhão. Apavoradas, as pessoas tentavam escapar da mira dos personagens ensandecidos. No final, eu aplaudi em pé, num misto de emoção e desespero.

Mas o CCC resolveu acabar com a festa. Uma noite, o Comando de Caça aos Comunistas quebrou o teatro inteiro e espancou o elenco com golpes de cassetete e soco-inglês. Muito longe dessa confusão, Roberto conquistava o primeiro lugar no Festival de San Remo, com a música "Canzone per te", de Sérgio Endrigo. Pela primeira vez um cantor estrangeiro vencia o famoso Festival. Na volta ao Brasil, dez mil pessoas foram esperá-lo no aeroporto.

Por aqui, a grande novidade musical do momento era o disco *Tropicália*, com Gil, Caetano e toda a trupe. Eu adorava o Caetano, as coisas que ele dizia, as polêmicas que criava.

No TUCA, durante a eliminatória do Festival Internacional da Canção, ele proferiu o célebre discurso para uma plateia irada que lhe dava as costas:

— Essa é a juventude que diz que quer tomar o poder? Se vocês forem em política como são em estética, estamos fritos.

Eu assinava embaixo de tudo que ele dizia. Principalmente porque ele nunca escondeu sua paixão pelo Rei.

Em outubro, a polícia invadiu um congresso clandestino que a UNE estava realizando em Ibiúna e prendeu mais de mil estudantes. No dia seguinte, o diretor do Meira entrou na classe e avisou que a professora Chakê não viria dar aula. Só na outra semana, ela me contou que estava no tal congresso. Foi levada pro DOPS junto com todo mundo e liberada em seguida. Eu não cabia em mim de tanto orgulho. Do mundo das pessoas reais, a Chakê era a pessoa mais legal que eu conhecia. O resto era artista e artista, pra mim, nunca foi pessoa real.

Antes do término do mandato do brigadeiro Faria Lima, ele cumpriu a promessa e entregou o prédio do MASP para a população. A Rainha Elizabeth em pessoa cortou a fita de inauguração. Acompanhei o cortejo descendo a Rebouças, na esquina da minha casa, mas infelizmente eu só vi o príncipe de Gales. A rainha estava sentada do outro lado.

Na Tupi estreou uma novela que era o máximo: *Beto Rockfeller*, de Bráulio Pedroso.

— Isso que é novela e não aquela porcaria que vocês assistem — eu dizia pros meus pais que gostavam mais do

1968

Antonio Maria, com Sérgio Cardoso no papel do português apaixonado pela Aracy Balabanian.

E lá vem outro Festival de Música Popular Brasileira, o quarto, e lá vem vaia pro Roberto Carlos. Desta vez ele defendeu "Madrasta" e jurou nunca mais participar de festival algum. O vencedor foi Tom Zé, com "São, São Paulo meu amor" e a Gal arrasou com "Divino, maravilhoso" ("É preciso estar atento e forte, não temos tempo de temer a morte").

Parou por aí a onda dos festivais.

Ao ler no jornal que o título do próximo LP do Roberto seria *O inimitável* eu fiquei possessa:

— Ele não precisava se rebaixar a esse ponto. Tá na cara que isso é uma resposta ao Paulo Sérgio, o novo pretendente ao trono do Rei. O rapaz tentava imitar o Roberto na voz, nos gestos e até na aparência física. O resultado parecia agradar ao público: *A última canção*, seu disco de estreia, vendeu sessenta mil cópias em três semanas.

Quando ouvi o disco, não entendi nada. Que músicas eram aquelas? Nem pareciam do Roberto! O que teria acontecido com ele? Será que envelheceu de repente? Será que foi o casamento? Pra não dizer que eu não gostei de nada, no meio daquele romantismo babaca, havia duas em que o velho Roberto se fazia presente: "Ciúme de você" e "Se você pensa" ("Daqui pra frente, tudo vai ser diferente...").

No dia 13 de dezembro, uma sexta-feira, minha mãe convidou parentes e amigos para comemorar os quarenta anos que ela completava. A festa foi de abafar. O cardápio ela tirou de um livro que era um tremendo sucesso na época, *Nem só de caviar vive o homem*, de J. M. Simmel — a história de um espião que inventava receitas maravilhosas em meio às aventuras que vivia. Os convidados dançaram até o dia clarear. De vez em quando, eu passava pela vitrola e colocava "Pata, pata" com Miriam Makeba só pra ver o baile pegar fogo. No dia seguinte, li no jornal que o presidente Costa e Silva havia decretado um Ato Institucional na noite anterior. Mais um. O quinto. Aí a festa acabou de verdade.

Ato Institucional nº 5

Art. 1º — São mantidas a Constituição de 24 de janeiro de 1967 e as Constituições Estaduais, com as modificações constantes deste Ato Institucional.

Art. 2º — O Presidente da República poderá decretar o recesso do Congresso Nacional, das Assembleias Legislativas e das Câmaras de Vereadores, por Ato Complementar, em estado de sítio ou fora dele, só voltando os mesmos a funcionar quando convocados pelo Presidente da República.

Art. 3º — O Presidente da República, no interesse nacional, poderá decretar a intervenção nos Estados e Municípios, sem as limitações previstas na Constituição.

Art. 4º — No interesse de preservar a Revolução, o Presidente da República, ouvido o Conselho de Segurança Nacional, e sem as limitações previstas na Constituição, poderá suspender os direitos políticos de quaisquer cidadãos pelo prazo de 10 anos e cassar mandatos efetivos federais, estaduais e municipais

Art. 5º — A suspensão dos direitos políticos, com base neste Ato, importa, simultaneamente, em: I — cessação de privilégio de foro por prerrogativa de função; II — suspensão do direito de votar e de ser votado nas eleições sindicais; III — proibição de atividades ou manifestações sobre assunto de natureza política; IV — aplicação quando necessária, das seguintes medidas de segurança: a) liberdade vigiada; b) proibição de frequentar determinados lugares; c) domicílio determinado.

Art. 6º — Ficam suspensas as garantias constitucionais ou legais de: vitaliciedade, inamovibilidade e estabilidade, bem como a de exercício em funções por prazo certo.

Art. 7º — O Presidente da República, em qualquer dos casos previstos na Constituição, poderá decretar o estado de sítio e prorrogá-lo, fixando o respectivo prazo.

Art. 8º — O Presidente da República poderá, após investigação, decretar o confisco de bens de todos quantos tenham enriquecido, ilicitamente, no exercício de cargo ou função pública, inclusive de autarquias, empresas públicas e sociedades de economia mista, sem prejuízo das sanções penais cabíveis.

Art. 9º — O Presidente da República poderá baixar Atos Complementares para a execução deste Ato Institucional, bem como adotar, se necessário à defesa da Revolução, as medidas previstas nas alíneas "d" e "e" do § 2º — do art. 152 da Constituição.

Art. 10º — Fica suspensa a garantia de *habeas-corpus* nos casos de crimes políticos, contra a segurança nacional, a ordem econômica e social e economia popular.

Art. 11º — Excluem-se de qualquer apreciação judicial todos os atos praticados de acordo com este Ato Institucional e seus Atos Complementares, bem como os respectivos efeitos.

Art. 12º — O presente Ato Institucional entra em vigor nesta data, revogadas as disposições em contrário.

Brasília, 13 de dezembro de 1968; 147º da Independência e 80º da República.

A. DA COSTA E SILVA, Luíz Antônio da Gama e Silva, Augusto Hamann Rademaker Grünewald, Aurélio de Lyra Tavares, José de Magalhães Pinto, Antônio Delfim Netto, Mário David Andreazza, Ivo Arzua Pereira, Tarso Dutra, Jarbas G. Passarinho, Márcio de Souza e Melo, Leonel Miranda, José da Costa Cavalcanti, Edmundo de Macedo Soares, Hélio Beltrão, Afonso A. de Lima, Carlos F. de Simas.

"Exatamente às 23 horas 56 minutos 31 segundos, hora de Brasília, o comandante Neil Armstrong tocou o solo da Lua. Descendo pela cabine do módulo lunar, 6h38 depois de ter pousado na superfície do satélite natural da Terra. 'A porta está se abrindo' — disse Armstrong às 23h39. Um minuto depois o astronauta vislumbrava diretamente a superfície da Lua. Lentamente, com movimentos extremamente seguros, começou a descer a escadinha do módulo, pisando sempre com o pé esquerdo. Quando alcançou o segundo degrau a televisão começou a transmitir diretamente da Lua para a Terra, focalizando perfeitamente o astronauta. Já sobre o solo lunar, Neil Armstrong afastou-se do módulo e começou a executar suas primeiras tarefas, tornando realidade um sonho milenar do homem."

Folha de S. Paulo, 21 de julho de 1969

1969

O ano começou em silêncio. O AI-5 assustou todo mundo. Até quem apoiava o golpe viu que a coisa mudou de rumo. Era um tal de falar baixinho, pensar dez vezes antes de receber alguém em casa, tomar cuidado com o que se dizia em público, ao telefone. E não era exagero. Toda hora sumiam pessoas das quais nunca mais ninguém tinha notícia, a tortura era uma prática comum pra calar a boca dos terríveis subversivos, aquele bando de comunistas que queriam tomar o país à mão armada.

O Dani também estava apavorado, mas por outro motivo:

— Acabou de sair a lista dos aprovados e eu queria que você fosse comigo ver se eu entrei na Pinheiros.

Fomos correndo até a avenida Paulista e subimos a escadaria do prédio da Gazeta aos pulos. Ele estava tão nervoso que nem viu o próprio nome.

— Você entrou! Você entrou! — eu berrava apontando o quinto Daniel de cima pra baixo. — Acredita agora?

Descemos a Augusta na maior alegria e fomos comemorar no Mondo Cane, um barzinho perto da Lorena que tinha acabado de inaugurar. Depois de dois coquetéis de fruta, os ânimos foram serenando, nós fomos falando mais baixinho, nos aproximando, pegando na mão, esfregando o nariz e nos beijamos.

— Este é o meu primeiro beijo na boca, sabia?

— Pra mim também — ele disse.

No dia seguinte, ele apareceu em casa careca e com o corpo todo pintado de azul.

Eu ainda não sabia que faculdade prestar, mas estava resolvida a fazer cursinho junto com o terceiro Normal. O Meira era muito fraco. Como eu queria entrar na USP, precisaria de dois anos de cursinho, no mínimo. Eu só sabia que queria fazer alguma coisa relacionada com arte, mas o quê? Foi o Dani que me falou sobre arquitetura. Fiquei interessadíssima. Até porque eu conhecia a FAU de nome. A faculdade que tinha o maior número de pessoas interessantes por metro quadrado. O prédio novo, na Cidade Universitária, havia sido inaugurado há pouco e era maravilhoso.

Antes que as aulas começassem, claro, em feverê tem carná. Esse ano eu caprichei. Fui de Barbarella. Um corpete prateado, uma minissaia prateada, meias e botas prateadas. Na cabeça, um capacete prateado, com antenas de arame. Na ponta de cada antena, uma bolinha de isopor prateado. Por cima de tudo, uma capa de plástico transparente. Primeiro lugar na categoria luxo. E o melhor: desta vez os rapazes não conseguiram me ignorar. De todos que me tiraram pra dançar, o que eu mais gostei foi o Caco. Depois da primeira volta no salão, ele me levou à sacada para ficarmos mais à vontade.

— Você é daqui?

— Não. Sou de São Paulo.

— Eu estou indo pra lá este ano fazer cursinho.

— Eu também vou fazer cursinho. Que faculdade você vai prestar?

— Arquitetura.

— Que coincidência, eu também!

Eu sabia que ele era uma pessoa

interessante. Não demorou e eu estava beijando a segunda boca em menos de um mês.

— Você tem namorado?
— Eu não. E você?
— Também não.

No final da noite, o Caco me levou pra casa no seu fusca envenenado. Na frente da casa da minha avó, ele sugeriu que passássemos para o banco de trás pra despedir melhor. A temperatura subia vertiginosamente e eu fui ficando apavorada. Não queria seguir adiante, mas não achava o breque de mão. O Caco estranhou:

— Você é virgem?
— Eu????????? Imagina! — respondi na maior cara de pau. — É que hoje está muito tarde, mas amanhã juro que tudo bem.
— OK, então amanhã a gente se vê.

Eu entrei correndo e não preguei os olhos a noite inteira. Não só pelos avanços do Caco, que tinham me deixado assustada, como pela expectativa do dia seguinte. Tudo bem que eu vivia pregando o amor livre, o sexo livre, mas será que tinha chegado a minha hora? Assim? Com um menino que eu nunca tinha visto antes? Rolava na cama sem resposta pra tanta pergunta. Pela manhã, minha mãe veio me chamar:

— A Soninha está aí. Ela veio te buscar para um passeio. Ela e o namorado dela.

Quando cheguei na sala, quase caí de boca no chão ao ver o namorado da Soninha. Era o Caco! Aquele mesmo que na noite anterior me deu o maior amasso, disse que não tinha namorada, queria *fazer amor* comigo. Bandido, safado, cafajeste. A Soninha, na maior ingenuidade, ainda teve a pachorra de nos apresentar. Eu aleguei que estava com dor de cabeça e deixei o passeio pra outro dia. Na cama, cheguei a chorar de ódio. Mas também, o Carnaval do Caco acabou ali. Ele não teve mais coragem de dar as caras no clube. Eu, ao contrário, dancei até o raiar da quarta-feira e ainda beijei uma terceira boca pra fechar o Carnaval com chave de ouro. Voltei pra São Paulo com a sensação de que agora sim eu tinha passado um Carnaval de gente grande.

Na volta, contei pro Dani a fria que eu tinha entrado e morri de vergonha quando ele me disse:

— Sabe que eu não beijei ninguém depois daquela noite?

Percebi que estávamos em trilhas diferentes:

— Olha, Dani, eu gosto muito de você, mas é só como amigo.

Ele fez cara de quem daria tempo ao tempo.

Na TV, o *Quem tem medo da verdade?*, apresentado pelo Carlos Manga, era o programa de maior audiência. A cada semana alguém do mundo artístico era submetido a um julgamento "de verdade", com direito a advogado de defesa e tudo. Claro que era tudo armação, mas o povo acreditava. Roberto adiara inúmeras vezes sua ida ao programa, até que finalmente topou. Ele foi acusado de tudo: ceder à influência americana, ser um péssimo exemplo para a juventude, ameaçar a família e a sociedade brasileiras. Para defendê-lo, um advogado de peso, Silvio Santos. Na tribuna, o Silvio garantiu que Roberto era cabeludo, corria a 200 por hora, falava gírias, mandava todo mundo pro inferno, mas não punha em risco a segurança nacional. O Rei foi absolvido por 6 a 1. Só o padre presente ao local manteve a condenação.

No cursinho eu me senti na Terra Prometida. Pela primeira vez na vida eu estava numa classe onde todos os alunos eram pessoas iguais a mim. Finalmente, eu encontrara a minha turma. As meninas se vestiam como eu, tinham cabelo crespo como o meu, falavam sobre as mesmas coisas, pensavam do mesmo jeito. Cinema, teatro, música, tudo de legal que estava acontecendo na cidade eles conheciam. Eu não precisava ficar convencendo ninguém que fulano era legal, sicrano maravilhoso. Todo mundo curtia o que eu curtia. Com uma exceção, ninguém ali falava do Roberto Carlos. Nem eu.

Um dia, eu estava comendo um sanduíche na cantina, quando alguém bateu no meu ombro:

— Lembra de mim?

Claro que eu lembrava. O Caco. A conversa rolou de má vontade. Por sorte, estávamos em classes diferentes e pouco nos víamos. Eu ainda não tinha esquecido o que ele me fizera.

No Meira, a Chakê ficou superfeliz ao saber que eu ia prestar Arquitetura.

— A FAU é maravilhosa. Eu tenho muitos amigos lá, você vai adorar.

Os professores do cursinho eram demais. O Ramalho era cineasta, o Baravelli, artista plástico, o Imenes fazia da geometria um aparato de sustentação do mundo. Foi ele quem me falou pela primeira vez que três pontos distintos no espaço formavam um plano. Eu viajei nesta ideia. 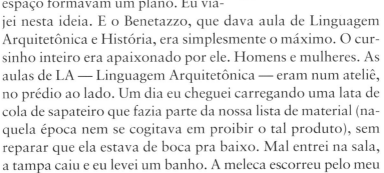 E o Benetazzo, que dava aula de Linguagem Arquitetônica e História, era simplesmente o máximo. O cursinho inteiro era apaixonado por ele. Homens e mulheres. As aulas de LA — Linguagem Arquitetônica — eram num ateliê, no prédio ao lado. Um dia eu cheguei carregando uma lata de cola de sapateiro que fazia parte da nossa lista de material (naquela época nem se cogitava em proibir o tal produto), sem reparar que ela estava de boca pra baixo. Mal entrei na sala, a tampa caiu e eu levei um banho. A meleca escorreu pelo meu corpo até o chão, eu fiquei grudada no assoalho. Nem se eu quisesse, conseguiria sair do lugar. O Benetazzo achou a maior graça na cena da garota emborrachada. Depois, todo gentil, veio em meu socorro e me ajudou como pôde. Ficamos amigos nesse dia. Foi quando ele me deu o apelido que durou o ano inteiro: OVNI. Meu pai teve que ir me buscar, não havia a menor condição de eu pegar um ônibus naquele estado.

Aos domingos à tarde, o Benê passava filmes de arte para os alunos. Foi lá que conheci Godard, Buñuel, Bergman, assisti *Madre Joana dos Anjos*, *O gabinete do dr. Caligari*, *Metrópolis*. As sessões terminavam no bar em frente, com muita cerveja e papo-cabeça. Era a primeira vez que eu bebia cerveja com amigos numa mesa de bar. E já sabia a diferença entre neorrealismo italiano, *nouvelle vague* e expressionismo alemão.

Além das sessões cinematográficas, o Benê também costumava chamar os alunos mais queridos para reuniões no seu apartamento. Ele morava no Copan. Eu não perdia uma. A gente ia chegando, sentando no chão e conversando sobre tudo. Éramos jovens, tínhamos o mundo pela frente e São Paulo aos nossos pés. O que mais podíamos querer? Mas nós queríamos mais, muito mais. De vez em quando chegavam uns amigos do Benê, um pessoal mais velho, que mal dava bola pra pivetada. Um dia, o Pratinha apareceu por lá. Ele começava a fazer sucesso em São Paulo, como Mário Prata, escritor e dramaturgo, mas este eu conhecia de Lins, de outros carnavais.

Quando falei que eu era neta do seu Zico e da dona Iracema, ele se lembrou das minhas primas, a Vera e a Sônia, que eram tão parecidas que ele nunca soube qual delas ele paquerava. Em seguida, ele e o Benê começaram a enrolar um cigarro de palha igualzinho aos que meu avô fumou a vida inteira. Eu fiquei indignada: será que o Pratinha é tão caipira a ponto de fumar cigarro de palha? Eles acenderam e começaram a pitar. O cheiro era um pouco diferente do cigarro do meu avô. O jeito de fumar também. Eles aspiravam a fumaça, prendiam um tempo e soltavam aos pouquinhos. De vez em quando tossiam. Um passava pro outro. Depois passaram pro João Batista, que estava sentado à minha direita. O João também pitou, tossiu e passou pra mim. Mas pelo jeito o tal cigarro era muito forte, eu achei melhor passar pra Gisela sem fumar. Ela fumou e passou pra frente. O cigarro foi rodando até chegar de novo ao Benê. Mas tinha alguma coisa esquisita naquele cigarro. Eles foram ficando mais alegres, mais molinhos, riam de qualquer coisa. Será possível?

— Que cigarro é esse? — perguntei pro João Batista. Ele deu risada.

— Isso é maconha, minha querida.

— Maconha? Aquilo que os *hippies* fumavam nos Estados Unidos e a gente não podia nem chegar perto? Uma droga que ia acabar com as famílias, com a sociedade e destruir a nova geração? Maconha, ali, passando pela minha mão? Mas como, se ninguém ali começou a cometer loucuras nem saiu quebrando tudo que encontrava pela frente? O máximo que elas faziam era dar risada. Essa eu não entendi.

Como aguentar as meninas do Meira depois disso? Meu nível de tolerância em relação a elas diminuiu muito depois dessa experiência radical. Eu era considerada cada dia mais estranha no mundo das minas da Augusta. Ali sim, eu era um verdadeiro OVNI. Uma alienígena prepotente e revoltada.

Um dia, o diretor chamou minha mãe para uma reunião.

— Não sei se a senhora sabe, mas o artigo 477 nos obriga a expulsar os estudantes subversivos. Eles ficam proibidos de se matricular em qualquer escola pelo prazo de três anos. Quero avisar que a Titila está correndo sério risco. Se ela continuar se comportando do jeito como vem se comportando ultimamente, escrevendo redações que falam mal do governo, eu vou ter que aplicar o 477.

1969

A prova estava ali, nas suas mãos. Uma redação com a minha caligrafia, em que se lia:

O ensino no Brasil é totalmente alienante. O ministro Passarinho devia dar suas bicadas em outro lugar, porque na educação ele não está resolvendo nada.

— E não é só isso — ele disse abaixando o tom de voz —, ela anda tomando drogas. É tudo influência desse pessoal de cursinho. Se eu fosse a senhora, tirava a Titila de lá imediatamente.

Falar mal do governo, tudo bem. Minha mãe sabia que eu sempre fui metida a ter uma ideias extravagantes, mas drogas? Ela prometeu conversar comigo seriamente e pediu que ele esperasse para tomar qualquer decisão.

A tal conversa começou pela redação:

— Você não sabe como anda a situação no Brasil? Então por que escreve essas bobagens? Se você for expulsa, não vai poder mais se matricular em colégio nenhum, vai ter que parar os estudos. Vê se cala essa boca, pelo amor de Deus.

— Mas aí vinha o mais importante. — E que história é essa de você andar tomando drogas?

Eu caí na gargalhada.

— Eu inventei essa história só pra deixar aquelas idiotas horrorizadas, mas juro que nunca cheguei nem perto de droga nenhuma.

De fato, eu vivia inventando que fumava maconha, que tomava LSD, mas como minha mãe conhecia de longa data a minha mania de "inventar" histórias, ela acreditou em mim e me mandou tomar juízo, que era mais seguro. Eu manerei daí pra frente. Principalmente depois que a Chakê me contou que o tal diretor era agente do DOPS.

Depois dos incêndios nas emissoras de televisão, foi a vez dos assaltos a bancos. Quase todo dia um grupo terrorista entrava numa agência bancária de arma em punho e levava a grana. A população vivia em pânico. Morria gente de todo lado. Até no Meira a tragédia chegou. Um dia nós soubemos que os pais da Ana Luiza tinham morrido. Eles estavam num sítio quando uma bomba estourou embaixo da cama em que eles dormiam. Os dois morreram na hora. A Ana Luiza nunca mais apareceu na escola. Eu não sabia o que pensar. Afinal, os terroristas eram uma peste que precisava ser debelada, ou, ao contrário, eram eles os verdadeiros defensores da Pátria, aqueles que fariam do Brasil um país justo e livre? Eu não tinha a menor ideia do caminho a seguir. Não que isto me preocupasse muito. Na verdade, a notícia que estava me mobilizando neste momento era a gravidez da Nice. O Roberto ia ser papai! O bebê nasceria no fim do ano. Nas horas de folga eu me distraía assistindo *Nino, o italianinho*, com Juca de Oliveira e Aracy Balabanian. A

poderosa Bianca humilhou o carcamano até o penúltimo capítulo, quando os dois se casaram.

O novo prefeito de São Paulo era o dono da Eucatex, um empresário ilustremente desconhecido chamado Paulo Maluf. Pela primeira vez, os paulistanos eram obrigados a engolir um prefeito escolhido pelos militares.

No meu aniversário, chamei o pessoal do cursinho e as meninas do Meira pra ver o circo pegar fogo. Mas eu não podia mostrar o meu quarto daquele jeito. Não ficava bem para uma pretensa rebelde ter o quarto forrado por fotos do Roberto Carlos. Pedi que minha mãe comprasse pincel e tinta e pintei de branco as centenas de fotos colecionadas durante anos. Minha mãe se perguntava apreensiva: o que virá depois disso?

As turmas foram chegando e escolhendo cantos diferentes pra ficar. As meninas do Meira sentaram na sala, dançaram "Sugar sugar", tomaram Coca-Cola e conversaram sobre *Beto Rockfeller* e as gracinhas do *Topo Gigio*. A turma do cursinho ficou na cozinha, bebendo uísque. Ninguém ali queria saber de dançar. Entre a sala e a cozinha, as opiniões davam um giro de 180 graus.

Sala: Não sei como o John pode se casar com uma mulher tão feia, tão velha e ainda por cima japonesa!

Cozinha: A Yoko é maravilhosa, super-cabeça, vai fazer do John um grande cara.

Eu ficava feito barata tonta entre uma turma e outra.

Meus pais nunca tinham visto rapazes tão cabeludos. E as meninas então... um esculacho. Nem parecia que estavam vestidas pra festa. Nada de salto alto, meia de seda, cabeleireiro. Elas estavam com os mesmos tênis e a mesma calça Lee que iam pro cursinho. Bebiam e fumavam como os meninos. Meu medo era que eles acendessem um daqueles cigarrinhos de palha.

Quando Dani chegou, passou reto pela sala e foi pra cozinha. Eu o apresentei aos meus novos amigos e eles se deram muito bem. Tarde da noite, tocaram a campainha. Eu fui abrir a porta e dei um berro que parou a festa:

— BENÊ!

O meu amado professor estava ali, em pé, na porta da minha casa, com um presente nas mãos: *A peste*, de Albert Camus. Eu não tinha olhos pra mais ninguém. Até o Dani ficou de escanteio. No dia seguinte, os comentários no Meira eram sobre a maluquice dos meus amigos do cursinho e vice-versa. Eu estava a um passo da esquizofrenia total.

No dia 20 de julho, domingo, o mundo parou para ver a Apolo 11 pousar na Lua. Eu estava em Santos, com meus pais, passando o fim de semana num minúsculo apartamento recém-adquirido. Depois da casa própria, o apartamento na praia era o segundo sonho da classe média paulistana.

O pouso foi perfeito, mas ainda demoraria seis horas para os astronautas abrirem a portinhola e descerem ao solo lunar. Dava tempo de sobra pra voltar pra São Paulo e assistir tudo em casa. Péssima decisão. A Anchieta, única via de acesso à capital, estava parada de alto a baixo. Ninguém saía do lugar. Eu bufava no banco de trás.

— O homem vai para a Lua e a gente não consegue ir para São Paulo.

Por sorte, chegamos a tempo de ver o Neil Armstrong dando aquele que seria "um pequeno passo para o homem, mas um gigantesco salto para humanidade".

O cursinho não tinha férias. Meus pais foram pra Lins e me deixaram com a empregada em São Paulo. Foi nessa época que o Caco tentou nova aproximação.

— E aí, você não vai pra Lins?

— Que jeito... tenho aula o mês inteiro.

— É... eu também não vou.

A raiva já tinha passado e eu topei estudar História com ele. Convidei-o para ir a minha casa. A empregada ficava passando de lá pra cá, cumprindo à risca as ordens da minha mãe. Até que eu me irritei e bati a porta do quarto na cara dela. Não demorou e o estudo virou uma sessão de abraços e beijos calorosos. Meu problema com o Caco continuava o mesmo. Cadê o breque de mão? Ele já estava tentando tirar o meu sutiã quando o telefone tocou. Era minha mãe, a 500 quilômetros de distância, perguntando se estava tudo bem. Abri a porta e mandei-o embora imediatamente.

No dia 1º de setembro estreou na Rede Globo um novo telejornal chamado *Jornal Nacional*. Na semana de estreia, duas notícias importantes:

1. Em virtude do derrame sofrido pelo presidente Costa e Silva, uma junta militar assumirá o comando da nação.
2. O embaixador americano Charles Elbrick foi sequestrado no Rio de Janeiro.

A tal junta militar mal entrou e já foi pondo gente pra fora. O AI-13 que eles decretaram bania do Brasil os "brasileiros indesejáveis". O Benetazzo foi obrigado a deixar o país na primeira leva. Os alunos ficaram inconsoláveis. Todo mundo na maior choradeira quando ele deu a notícia. Adeus filmes de arte, adeus reuniões no Copan, adeus cerveja, adeus maconha. No ano seguinte, ele entrou clandestino no Brasil e foi assassinado na avenida Ipiranga. Adeus Benê.

Em outubro, eu fui assistir *Hair*.

> When the moon is in the Seventh House
> And Jupiter aligns with Mars

Confesso que eu esperava mais. A tão falada cena dos atores nus não era tudo aquilo que se dizia. Pra mim, *Hair* não chegava aos pés de *Roda viva*.

No dia 4 de novembro, a TV interrompeu a programação para anunciar que o terrorista mais procurado do Brasil, Carlos Marighella, havia sido capturado e morto. O exército só se defendeu da rajada de tiros que o terrorista disparou. Todo assassinato vinha com a mesma justificativa. Marighella morreu na alameda Casa Branca, a dois quarteirões do Meira. Na manhã seguinte, eu não aguentei e fui espiar. Um grupo de policiais andava de lá pra cá vigiando um caminhão que esguichava água no asfalto. Fiz o percurso todo de cabeça baixa, disfarçando. Naquela época todo mundo andava assim pelas ruas. Um

movimento suspeito podia ser fatal. Qualquer coisa, eu diria para os policiais que eu só estava ali porque adorava ver gente famosa, viva ou morta, independente da ideologia do sujeito. E não estaria mentindo.

Os negócios do meu pai iam bem e ele resolveu me dar um superpresente: um Karmann Ghia vermelho. Afinal, eu já tinha dezoito anos. Eu pensei bem e fiz uma contraproposta: trocar o carro por uma viagem aos Estados Unidos. Eu tinha um tio, irmão do meu pai, que morava em Nova York com a mulher. Um jovem casal que adoraria hospedar a sobrinha querida. Com o dinheiro do carro, eu passaria três meses passeando em Manhattan e morando num apartamento em Queens. Em um mês, eu tirei o passaporte, comprei a passagem e embarquei. O vestibular ficaria para o próximo ano. Quanto à festa de formatura do curso Normal, eu já tinha decidido não participar.

Minha única emoção ao deixar o Meira foi quando me despedi da Chakê. Me pendurei no pescoço dela e lhe agradeci aos prantos:

— Você mudou a minha vida.

Na mala, eu levei dois compactos simples: *Aquele abraço*, com Gilberto Gil e *País tropical*, com Jorge Ben. O LP do Roberto estava de novo muito chato. Que história é essa de "As flores do jardim da nossa casa"? Eu só gostei de "As curvas da estrada de Santos" e "Sua estupidez".

Eu não sabia o que pensar. Parecia que tudo o que eu sentia pelo Roberto estava dentro de uma gaveta, cuja chave eu havia perdido. Não tinha mais acesso aos velhos sentimentos, embora soubesse que eles estavam lá.

Meu negócio agora eram galerias de arte, museus, concertos, óperas, livrarias. Pelo menos duas vezes por semana eu ia ao Metropolitan. Fiz até um curso de pintura lá. A neve, o metrô, tudo era novidade para uma adolescente caipira.

O Dani me escrevia toda semana contando da faculdade: "os primeiros anos são um saco, prepare-se" — ele me prevenia. Na última carta ele não aguentou:

> Querida Titila, parece piada, mas hoje eu acordei com uma música do Roberto Carlos na cabeça: "Aquele beijo que eu te dei".
> Ainda sonho com aquele beijo. Dani.

Em resposta, eu mandei uma foto do *outdoor* que o John e a Yoko colocaram em Times Square para comemorar o ano-novo: "*War is over! If you want it*".

"'Este é o maior dia da minha vida', disse o general Médici ao terminar o jogo do Brasil com a Itália. Ao término da partida, o presidente saiu para o meio do povo, enrolado em uma bandeira brasileira. Os torcedores o carregaram. Quando o puseram no solo, o presidente pegou uma bola e começou a mostrar sua habilidade. Fez embaixada e chegou a dar umas de calcanhar. Os fãs diziam: 'se o Zagalo soubesse, hein, presidente...'."

Folha de S. Paulo, 22 de junho de 1970

1970

Quando eu desembarquei em Congonhas, meus pais e amigos quase não me reconheceram. Quem era aquela que vinha com um chapéu preto de abas enormes, óculos redondinho na ponta do nariz, colete de franjas e um par de botas de soldado nos pés? Seria eu? O Dani foi me esperar no aeroporto e adorou o figurino. Minha mãe comentou desolada:

— Ela voltou pior ainda.

Em casa, quando abri as malas, o susto foi geral. Elas estavam repletas de latas vazias de cerveja, placas de rua, cartazes, um amontoado de lixo que fui catando nas ruas de Nova York. Meu quarto ganhou uma decoração totalmente psicodélica. O excesso de peso ficou por conta das telas que eu havia pintado lá. À noite, a família inteira veio ver os *slides*.

— Que horror! — a plateia bradava em coro.

Nas projeções sobre o lençol branco estendido na parede da sala de jantar, só se via carro velho, gente maluca, mendigos, sujeira nas ruas, demolições.

— E o Empire State?

— Não fui.

— E a Estátua da Liberdade?

— Não fui.

— E esses prédios em construção?

— Aí estão sendo construídos os dois prédios mais altos dos Estados Unidos. Vão se chamar World Trade Center.

Decepção maior tive eu ao ver que a música mais tocada no país era: "Eu te amo, meu Brasil, eu te amo! Meu coração é verde, amarelo e branco, azul anil".

No vidro traseiro de todos os carros, o adesivo: *Brasil, ame-o ou deixe-o*.

Em março, recomecei o cursinho. Os amigos do ano anterior já estavam na FAU e contavam maravilhas da faculdade. Eu  virei uma CDF de primeira. Varava a noite à base de café e ovo mexido. Fiz poucas pausas no estudo. Uma delas foi para assistir a *2001: uma odisseia no espaço* com o Dani.  Depois do cinema, ele me convidou pra tomar um vinho na casa dele. Os pais estavam viajando. Juntinhos no sofá, ao som de "Je t'aime moi non plus", ele me pediu em namoro. Aceitei. O primeiro cara que me beijou acabou sendo o meu primeiro namorado.

A segunda pausa que fiz foi em junho, para assistir aos jogos do Brasil na Copa do Mundo. Desta vez eram os meus pais que estavam viajando e ele veio a minha casa.

Todos juntos, vamos,
Pra frente Brasil,
Salve a seleção.

Brasil e Itália frente a frente na final. O primeiro tempo terminou empatado, gol de Pelé e Boninsegna. No intervalo, nós enveredamos numa sequência de beijos tão acalorados que nem vimos a virada do segundo tempo. No final da partida, nós pensamos que os rojões que estouravam na cidade eram em homenagem à nossa primeira transa, que tinha acabado de acontecer, e havia sido maravilhosa. Mas não, eles festejavam a vitória do Brasil. No segundo tempo, Gérson,

Jairzinho e Carlos Alberto puseram a bola na rede. Agora sim, eu podia me considerar uma menina avançada de verdade. Nenhuma menina virgem era digna deste nome.

Em dezembro eu prestei vestibular. Entrei na FAU e no Mackenzie. Escolhi a FAU. Na primeira semana de aula, depois do trote e do banho no laguinho, eu percebi que tinha entrado na faculdade errada. Era muita matemática, física, cálculo e pouco ateliê pro meu gosto. Frustração total. Fui levando até 1974, quando o Dani, já formado, ganhou uma bolsa para trabalhar num hospital em Londres, um grande centro de pesquisa de doenças mentais. O Dani havia escolhido a Psiquiatria. Nós nos casamos e fomos juntos para a Inglaterra. Lá, eu fiz um curso de fotografia e acabei me tornando profissional do ramo. Voltamos depois de cinco anos, com a Catarina nos braços. Fomos morar no Rio de Janeiro. Logo eu fui contratada por uma revista de circulação nacional. Na primeira semana, o chefe da redação me deu a pauta:

— Você vai fotografar o Roberto Carlos.

1970

"John Lennon, compositor, músico, cantor, considerado o 'pai' dos Beatles, foi assassinado a tiros em Nova York por um homem de 25 anos, Mark David Chapman, que cometeu o crime, aparentemente, apenas para 'atingir a celebridade'. O ex-beatle retornava ao seu apartamento no edifício Dakota, no Central Park, às 23 horas (1 hora da madrugada de ontem em Brasília) com sua mulher Yoko Ono. Ao descer do carro foi chamado pelo nome e ao voltar-se viu um homem alto e forte, agachado em posição de tiro, exatamente como faria um profissional. O primeiro tiro acertou o ombro, o segundo o braço esquerdo, depois o peito, a cabeça... Seis tiros, cinco no alvo."

Folha de S. Paulo, 10 de dezembro de 1980

1980

Era aquela a rua, era aquele o número, era aquela a casa. Toquei a campainha. Pelo porteiro eletrônico, uma voz de homem:

— Quem é?

— É Titila, da revista *Dreams*.

A voz se calou e o portão se abriu. À minha frente, um jardim tropical e uma escadaria de pedras que levava a um terraço. Lá em cima, um rapaz com uniforme de mordomo. Seria o Nícolas? Bobagem. Talvez fosse o Nícolas II ou III. O rapaz me cumprimentou com uma reverência e apontou a porta por onde eu deveria entrar. Na sala imensa, o sofá azul onde eu deveria sentar.

— A senhora aceita um chá, um suco, um café?

— Obrigada, não quero nada.

— Um momento que seu Roberto já vem — e desapareceu.

Mais calma, comecei a olhar tudo ao redor. Então eu me lembrei de uma pergunta que uma vez eu fiz pra Duda:

— Será que um dia eu vou gostar de alguém mais do que gosto do Roberto Carlos?

— Claro que vai — ela respondeu — isso passa.

Passa mesmo? — eu me perguntava quase vinte anos depois. Eis que uma porta se abre e volta o tal mordomo com uma bandeja com água e café. Eu jurava que não tinha pedido nada.

— Açúcar ou adoçante?

— Puro, por favor.

Ele me passou a xícara e sumiu de novo. Só falta trazer o suco de laranja. De repente, tudo se iluminou. A sala ficou tomada por uma névoa azul com pontos prateados. Era ele. Roberto surgiu do meio da névoa e veio caminhando em minha direção. Eu podia ver seu rosto perfeitamente. O mesmo das mil fotos que cobriam as paredes do meu quarto, a capa dos meus cadernos, o espelho do banheiro, os meus sonhos de menina. Com um sorriso delicado e indecifrável, ele me estendeu a mão e perguntou se eu era a moça que ele estava esperando.

— Sou eu mesma — respondi, prestes a desmaiar.

Sobre a autora

Ivana Arruda Leite nasceu em Araçatuba, SP, em 1951, e é mestre em Sociologia pela Universidade de São Paulo. É autora dos livros *Falo de mulher* (Ateliê, 2002), *Eu te darei o céu* (Editora 34, 2004), *Ao homem que não me quis* (Editora Agir, 2005) e do juvenil *Confidencial* (Editora 34, 2002), entre outros. Participou de inúmeras antologias no Brasil e no exterior, e escreve desde 2005 o blog *Doidivana* (doidivana.wordpress.com). Seu primeiro romance, *Hotel Novo Mundo* (Editora 34, 2009), foi finalista do Prêmio São Paulo de Literatura em 2010.

Este livro foi composto em Sabon
pela Bracher & Malta, com CTP da
New Print e impressão da Graphium
em papel Alta Alvura 90 g/m² da Cia.
Suzano de Papel e Celulose para a
Editora 34, em setembro de 2012.